이계
마왕성
CASTLE OF
ANOTHER WORLD

이계마왕성 3

강한이 장편 소설

초판 1쇄 찍은 날 § 2012년 7월 27일
초판 1쇄 펴낸 날 § 2012년 8월 3일

지은이 § 강한이
펴낸이 § 서경석

편집부장 § 권태완
편집책임 § 어정원

펴낸곳 § 도서출판 청어람
등록번호 § 제1081-1-89호
등록일자 § 1999. 5. 31
어람번호 § 제1-1436호

주소 § 경기도 부천시 원미구 심곡2동 163-2 서경B/D 3F (우) 420-822
전화 § 032-656-4452 팩스 § 032-656-4453
http://www.chungeoram.com
E-mail § chungeorambook@daum.net

ⓒ 강한이, 2012

ISBN 978-89-251-2959-4 04810
ISBN 978-89-251-2913-6 (세트)

※ 파본은 구입하신 서점에서 교환하여 드립니다.
※ 저자와 협의하여 인지를 붙이지 않습니다.
※ 이 책은 도서출판 청어람과 저작자의 계약에 의해 출판된 것이므로,
   무단 전재 및 유포·공유를 금합니다.

Castle of Another World

3

FUSION FANTASTIC STORY

강한이 장편 소설

이계 마왕성

목 차

1장 재정비 　　　　　　　　　　 7

2장 작업장 　　　　　　　　　　 49

3장 워너머니 　　　　　　　　　 81

4장 도화선 　　　　　　　　　　 117

5장 엘리아 　　　　　　　　　　 155

6장 이채빈 VS 천기광 　　　　　 209

7장 대공 슬라빅과 59권의 마도서 　253

8장 속성 학습실 　　　　　　　　 275

제1장
재정비

이계
마왕성

〈현 마왕성 개발 현황:개요〉

―마왕성(Lu.3)
―던전관리소(Lu.3)
―공작소(Lu.1)
―의뢰소(Lu.1)
―정령계약소(Lu.1)

'생각보다 많네.'

채빈은 손이 뻐근해질 지경까지 지폐를 전부 세고 기지개를 폈다.

상가연합 사무실에서 들고 온 금고의 돈은 총액 2,853만 원이었다.

'대박인데. 어디다 쓰지.'

돈을 쓸 데는 지천에 널려 있었다. 없어서 못 썼지, 너무 많아서 못 쓴다는 건 변기에서 붕어 낚는 개소리다. 적어도 채빈의 인생에 있어서는 그랬다.

채빈은 도로 지폐를 차곡차곡 넣어놓고 금고 문을 닫은 뒤 일어섰다.

이계에 돈을 가져다 두었으니 완벽한 증거인멸이다. 이보다 안전한 장소가 이 세상에 있을 리 없었다.

조금의 근심없이 채빈은 걸음도 가볍게 집으로 돌아왔다.

'비가 많이 오네.'

세찬 비는 여전히 그치지 않고 있었다. 방바닥은 열린 창을 통해 들어온 빗물로 흥건했다.

채빈은 창을 닫고 걸레로 바닥을 닦으면서 차분히 생각을 정리했다. 우선 재경의 가게는 이 정도 손을 써뒀으니 한동안은 안심해도 될 듯했다.

'그렇다면 남은 문제는…….'

마왕성의 던전이었다.

칸체레 수도원 던전을 어떻게 공략해야 할지 엄두가 나지 않았다.

속성반사를 사용하는 몬스터를 처치할 방도가 떠오를 때까지, 그리고 정령계로 강제 소환된 프라이어가 돌아올 때까지는 신중하게 행동해야 할 듯했다.

"채빈이 운디네를 부른다."

채빈이 입을 달싹이자마자 욕조에 몸을 담근 자그마한 운디네가 허공에 '퐁!' 하고 나타났다.

―우후훗, 주인님께서 이렇게 빨리 절 불러주시다니. 혼자 계시기가 적적하셨나요?

운디네가 뱅그르르 돌듯이 내려와 채빈의 오른쪽 어깨에 욕조를 고정시켰다.

채빈은 곁눈으로 운디네를 힐끗 내려다보고는 침을 꿀꺽 삼키며 말했다.

"저기, 인간으로 변하면 안 돼?"

―어머, 어째서요?

운디네가 되물으며 몸을 일으켰다. 나신의 하얀 살갗 위로 맑은 물이 넘쳐흐르면서 채빈의 목덜미에 몇 방울이 튀었다. 그것만으로 채빈은 몸을 흠칫 떨며 머리를 젖혔다.

"아, 그러니까… 대화하기가 불편해서 그래. 너무 작으니까 눈에 들어오지도 않고."

―그래요?

운디네가 욕조를 끌고 채빈의 정면으로 위치를 옮겼다. 채빈은 콧김을 픽픽 뿜으며 눈을 바라보다가 두 손으로 얼굴을 가리고 소리쳤다.

"제발 좀 봐줘. 아직 적응 안 됐다, 진짜."

슈우우욱!

운디네가 꽃무늬 원피스 차림의 인간으로 변했다. 그녀는 치렁치렁한 머리칼을 하나로 묶으며 채빈의 곁에 모로 무릎을 꿇고 앉았다.

"이제 됐나요?"

"어, 어."

"우후후, 이제 말씀하세요."

운디네가 가늘고 긴 손가락으로 채빈의 목덜미를 피아노 건반 두드리듯 훑었다. 강렬한 전류가 채빈의 머리에서부터 발끝을 훑고 지나갔다.

"프라이어는 언제쯤 돌아올 수 있을까?"

채빈이 미간에 정신을 집중시키고 힘겹게 물었다. 운디네는 자신의 입가로 손가락을 갖다 대고 눈을 위로 치켜떴다.

"글쎄요. 잘은 모르겠지만 하루 이틀 만에 돌아올 순 없을 거예요. 어쨌거나 마나가 완전히 연소되고 강제 소환을 당했으니까요."

"그래. 시간이 걸리는구나……."

고작해야 며칠이면 회복을 끝내고 돌아올 수 있을 줄 알았더니. 칸체레 수도원 재진입이 가능한 640시간 전에는 돌아올 수 있는 걸까.

채빈이 목을 뒤로 젖히고 천장을 바라보았다.

프라이어의 영롱한 빛이 천장의 사방무늬를 타고 그려지고 있었다. 문득 채빈은 가슴이 시렸다.

강제로 소환된 프라이어도 그렇고, 지금 곁에서 두 눈을 반짝이며 자신을 바라보고 있는 운디네 역시 자신의 목숨을 구해준 생애 최고의 은인이었다.

이들이 없었다면…….

"무슨 생각을 그렇게 하세요?"

운디네가 채빈의 헝클어진 뒷머리를 쓰다듬으며 물었다. 기분 좋은 손길이었다. 채빈은 두 눈을 감고 혼잣말을 하듯이 대답했다.

"앞으로 어떡할지 생각 좀 했어."

"흐음?"

"프라이어가 돌아오기 전까지 칸체레 수도원은 못 가겠지. 너희 둘이 전력을 다해 도와줬는데도 죽을 뻔했잖아. 그 괴물들의 속성반사를 깨뜨릴 방법을 찾기 전에는 좀 신중해야겠어."

"좋은 생각이에요."

운디네가 고개를 끄덕이며 동조했다.

채빈도 따라서 고갯짓을 하며 말을 이었다.

"기다리는 동안은 독트로스 광산이랑 동부 지저성 던전이나 공략하러 다녀야지. 보상 확률은 희박해졌지만 코인은 여전히 줄기차게 나오니까. 코인 모아서 마왕성 개발 좀 하면서 기다릴래. 돈도 벌고."

"그래요. 급할 건 아무것도 없어요. 마왕성이 주인님의 손아귀를 벗어나 도망칠 리도 없고. 그럼 그 사이에 저는 하던 일을 계속하면 되겠네요."

채빈이 천장에서 시선을 거두고 운디네를 바라보았다.

"하던 일?"

"있잖아요, 인터넷 방송. 돈 많이 벌어야 주인님이 기뻐하시니까. 제 인기가 얼마나 많은지 보셨죠?"

거기까지 말한 운디네가 채빈의 등 뒤로 슬그머니 자리를 옮겼다. 그러더니 두 팔을 뻗어 채빈의 목덜미를 끌어안았다. 향긋한 체취가 날아들어 채빈의 혈압을 급격히 높였다.

"또 왜 이래. 앞으로 와서 얘기······. 으흭!"

채빈이 신음을 터뜨리며 몸을 파르르 떨었다.

운디네가 채빈의 한쪽 귓불을 입술로 잘근잘근 물고 있었다. 채빈은 눈앞이 새하얘지면서 구멍 난 애드벌룬처럼 온몸의 힘이 빠져나가는 걸 느꼈다.

"하, 하지 마."

"우후훗, 주인님은 제가 이러는 거 싫으세요?"

"싫고 좋고가 아니라 좀……."

"오늘은 같이 자요, 주인님. 이부자리는 제가 펼게요."

채빈의 이성이 한계에 다다르고 있었다.

키스 한 번 해본 적이 없는 채빈으로서는 운디네의 공격을 감당할 대책이 없었다.

한창 혈기왕성한 신체가 용암처럼 뜨겁게 타오르고 있었다.

"너, 너 자꾸 사람 가지고 노는 거 아냐!"

"사람 가지고 노는 거 아냐! 우후후."

운디네가 채빈의 말을 따라하며 웃음을 터뜨렸다. 가슴이 두근거리는 와중에도 채빈은 벌컥 화가 났다. 이 정령은 분명히 자신을 놀리고 있는 것이다.

"너……! 너 진짜 계속 이러면 나도 생각이 있어!"

"생각이라니요~ 오?"

"내가 아무 짓도 못할 거라고 생각하고 장난치지? 빨리 장난 그만하고 비켜. 진짜 혼날 줄 알아."

채빈이 떨리는 목소리로나마 힘을 주어 경고했지만 씨알조차 먹히지 않았다. 이제 운디네의 손은 채빈의 셔츠 목덜미로 파고들어 맨살의 가슴을 만지고 있었다.

"흐으으……!"

"어떻게 혼내주실 건데요? 운디네는 머리가 나빠서 주인님의 말씀이 무슨 의미인지 모르겠어요."

채빈의 귓가로 운디네의 숨결이 훅, 끼쳐왔다. 손가락 끝이 채빈의 명치 근방에서 동그라미를 그리고 있었다. 이제는 선을 넘었다.

달아오른 몸과 붕괴되는 이성, 그리고 뜻 모를 울분이 하나로 뭉쳐져 채빈을 폭발시켰다.

"내가 작작 하라 그랬지!"

"꺄악!"

채빈이 운디네를 이부자리에 밀어 눕히고 그 위로 올라탔다. 비명을 지른 것과는 달리 운디네의 얼굴은 생글생글 웃고 있었다.

"나……! 나 지금 장난치는 거 아니거든? 웃지 마라?"

"어머, 주인님 너무 무서워요."

"장난치는 거 아니라고 분명히 말했어!"

"무서워, 우후후."

"웃지 말라고! 너 진짜 내가… 후읍?!"

이번에도 선수를 뺏겼다.

운디네가 채빈의 머리를 붙잡고 자신의 얼굴 앞으로 끌어당겼다. 서로의 입술이 하나로 포개졌다. 농밀하고 부드러운 온기가 채빈의 혀끝으로 전해져 왔다.

"허억! 헉! 헉!"

한참의 키스 끝에 입술을 뗀 채빈이 벌겋게 달아오른 얼굴로 숨을 헐떡였다. 첫 키스였다. 젖은 입술 끝에 아직도 운디네의 온기가 여실히 남아 있었다.

'아우……!'

이성의 끈은 완전히 풀려 버렸다.

채빈은 정신 나간 사람처럼 숨을 몰아쉬며 운디네를 향해 떨리는 두 손을 뻗고 있었다.

"잠시만요, 주인님."

불현듯 운디네가 채빈의 손을 붙들고 몸을 일으켰다.

그녀는 가만히 채빈의 손을 자신의 가슴 한가운데로 가져다 댔다.

"느껴져요."

"…어?"

"주인님과 저의 친화력이 몰라볼 정도로 상승했어요. 두터워진 저에 대한 주인님의 신뢰감을 가슴 깊이 느낄 수 있어요."

지그시 두 눈을 감은 운디네는 여느 때보다도 평안한 미소를 짓고 있었다. 뜬금없을 정도로 한없이 선하고 맑은 웃음.

채빈의 터질 듯했던 심장 박동이 점차 약해지고 있었다.

"주인님이 저를 너무 싫어하시는 것 같아 그간 노력했어요. 이렇게까지 저를 받아주셔서 운디네는 정말로 기뻐요. 하지만……."

운디네가 말끝을 흐리며 두 눈을 떴다.

"정령과 사랑을 나누시면 안 돼요."

"…뭐?"

"주인님께 짐이 될 거예요. 이제 저에 대한 주인님의 따스한 마음은 확실히 알았어요. 저도 앞으로는 몸가짐을 주의할게요."

그 말을 끝으로 운디네가 채빈의 가슴을 살포시 밀며 일어섰다.

채빈은 무슨 의미인지도 모르는 채 멍한 두 눈을 들어 운디네의 시선을 좇고 있었다.

"잠깐 비켜 주시겠어요? 이부자리 펼게요."

"어, 어."

채빈이 뒤로 물러나 앉았다.

운디네가 창문을 조금 열고 이부자리를 방 한가운데에 폈다. 그녀는 2개의 베개를 나란히 놓았다가 다시 1개를 거둬들이며 싱긋 웃어 보였다.

"저는 정령계로 돌아가서 자야겠어요."

"어? 왜? 그냥 여기서도 자도 되는데……."
"어머, 언제는 제발 좀 정령계로 가라고 하시더니?"
"아니, 그건 그때고……."

하여튼 할 말 없게 만드는 데에는 도가 텄군. 채빈은 궁색해진 입을 다물었다.

불현듯 배에서 꼬르륵 소리가 났다.

"배고프세요?"
"어, 생각해 보니까 먹은 게 없어. 라면이나 하나 먹을까."
"끓여드릴까요?"

그렇게 묻는 운디네는 벌써 찬장에서 라면 한 봉지를 꺼내고 있었다. 채빈이 고개를 끄덕이며 웃었다.

"끓여줘."
"잠시만 기다리세요."

운디네가 냄비에 물을 붓고는 입을 가까이 하여 작게 속삭였다.

차가운 물이 그 즉시 펄펄 끓기 시작했다. 뜨거워진 물에 라면을 뜯어 넣으며 운디네가 말했다.

"계란은요?"
"어, 하나 넣어줘."
"네."

운디네가 불도 없이 혼자 끓는 냄비를 두고 냉장고를 열었다.

작은 상에 김치와 수저를 챙기는 운디네의 뒷모습을 보면서 채빈은 기묘한 감정에 사로잡혔다.

"미안해."

"뭐가요?"

"좀 전에 그랬던 거……."

"어머, 무슨 말씀을. 사실 조금 더 강하게 나오셨다면 이 운디네는 넘어갔을지도 몰라요."

운디네가 콧노래를 부르기 시작했다. 가사를 알아들을 수 없는 콧노래를 들으며 정령과 사랑하면 안 된다는 의미가 무엇일지 채빈은 곰곰이 생각했다.

"자, 드세요."

운디네가 채빈의 앞으로 상을 내려놓았다. 채빈은 생각을 그만두고 접시와 젓가락을 들었다. 나중에 프라이어가 돌아온 뒤에 물어보면 될 일이었다.

라면을 다 먹고 잠자리에 누울 때까지 창밖의 비는 그칠 줄을 모르고 줄기차게 쏟아지고 있었다.

빗소리와 운디네의 콧노래를 자장가 삼아 채빈은 편안한 잠에 빠져들었다.

'머리 아파!'

재경이 이맛살을 찌푸리며 양쪽 귀를 막았다.

간밤에 비가 크게 온 뒤로 어딘가 배선에 문제가 생긴 모양이었다.

머리를 지끈거리게 만드는 소음이 가게의 내벽 한 면을 타고 신랄하게 울리고 있었다.

시간은 오전 11시.

가게에는 재경 혼자뿐이었다.

다친 세만에게는 일주일의 휴가를 주었다. 당연히 세만은 극구 사양했다. 자신이 없는 사이에 재경이 무슨 해코지를 당할지 모르는 일이니까. 그래서 재경은 자신 역시 일주일은 쉬겠다는 말로 세만을 설득했다.

재경은 그간의 소란으로 엉망이 된 가게를 청소하러 나온 참이었다. 하지만 아무래도 청소보다 이 소음의 원인부터 수리하는 게 급선무였다. 재경은 가까운 전기수리센터를 찾으려 지역 전화번호부를 펼쳤다.

첫 페이지를 펼쳤을 때였다.

'…그만둘까.'

문득 그런 생각이 들었다.

다시 청소를 하고 고장 난 배선을 수리하는 게 무슨 의미가 있을까. 장사를 방해하는 악독한 인간들은 앞으로도 계속 찾아올 텐데.

모든 것이 부질없게 느껴졌다. 자신 때문에 채빈에 이어 세만까지 피해를 입고 있는 작금의 상황을 재경은 용인할 수 없었다.

'여기까지만 하자. 많이 벌었어, 하재경. 지금까지 벌어들인 돈만으로도 감지덕지해야 해. 남은 빚이나 등록금은 어떻게든 될 거야.'

스스로를 납득시키고 있노라니 눈시울이 뜨거워졌다. 그렁그렁 고인 눈물이 한꺼번에 터지려는 참에, 불현듯 스쿠터의 엔진 소리가 가게 앞으로 커져 왔다.

끼이익!

윤이 좌르르 흐르는 하늘색 클래식 스쿠터가 가게 앞에 멈춰 섰다. 운전자가 내려서 헬멧을 벗기 전까지 재경은 그가 채빈이라는 사실을 짐작하지 못했다.

"누나 뭐해? 아직도 개시를 안 했어?"

채빈이 어이없다는 듯 물으며 가게로 성큼성큼 들어섰다.

재경이 재빨리 손등으로 눈가를 훔치고 고개를 돌렸다. 채빈은 짐짓 그녀의 눈물을 못 본 척 기지개를 펴며 너스레를 떨었다.

"아우, 피곤해. 잠을 제대로 못 잤나. 근데 이건 무슨 소리야? 뭐가 이렇게 머리 아프게 왱왱 울려?"

채빈이 가게 안을 둘러보며 인상을 찌푸렸다. 재경은 묵묵히 말이 없더니 이윽고 결심이 선 듯 눈을 치켜뜨고 채빈의 앞으로 다가섰다.

"채빈아."

"어?"

"나 장사 그만둘래."

"…또 그런다. 됐어."

채빈이 더 듣기도 싫다는 듯 손을 내저었다. 재경이 그 손을 붙잡고 채빈을 자기 앞으로 돌려세웠다.

"농담하는 거 아냐. 더는 못하겠어."

"이제 그놈들 안 올 거야. 걱정 마."

"너 또 싸웠지?"

채빈의 동공이 확대되었다. 그에 맞춰 재경이 추궁하듯 두 눈을 한층 가늘게 떴다.

"어떻게 그렇게 확신해? 역시, 채빈이 너 싸웠지?"

"무슨 소릴 하는 거야. 내가 누구랑 싸워?"

"세만 씨하고 무슨 말 한 거야? 서로 바라보는 눈초리가 이상했어. 나 몰래 세만 씨가 너한테 뭘 이야기했던 거야?"

"무슨 지금 탐정놀이해? 그런 거 아니야!"

항의는 했지만 사실 재경의 추측은 맞았다.

가게를 습격한 상가연합의 범인이 종문이라는 걸 알 수 있었던 것은 세만의 인맥 덕택이었다.

세만은 친하게 지내던 부대찌개 식당 최 사장을 통해 그 사실을 들었고 채빈에게 알려주었다.

최 사장이 말하기를, 종문은 회식자리에서 한껏 술에 취해 재경의 가게를 작살낼 거라고 곧잘 떠들어댔다고 한다.

채빈이 재경의 양 어깨를 잡고 설득하듯 말했다.

"그래, 내가 경찰에 신고해 버리겠다고 으름장 좀 놨어. 정말 그게 다야. 싸우지 않았어. 싸운 건 그때 누나가 본 게 다야. 그 이후로 그놈들 낯짝 한 번 못 봤어."

"…으흐흑."

난데없이 재경이 울음을 터뜨렸다. 채빈은 두 손으로 뒷머리를 뒤헝클었다.

"아니 또 왜 우는데? 봐봐, 누나. 나 좀 봐, 보라고. 내가 말했지? 잘못도 없는 사람이 왜 손해를 봐? 이제 괜찮다고. 그리고 소스도 더 많이 떼어올 수 있게 됐어. 지금까지보다 적어도 두 배는 될 거야. 좋지? 어? 좋지? 그만 울어. 뚝."

채빈이 티슈를 뜯어 건네며 재경의 어깨를 다독였다. 재경은 티슈에 얼굴을 박고서 한참이나 어깨를 흔들며 흐느꼈다.

눈물을 완전히 그치기까지는 시간이 걸렸다. 흠뻑 젖은 티슈를 구겨 휴지통에 넣으며 재경은 길게 한숨을 내쉬었다.

"좀 나아졌어?"

"…응."

"그럼 얼른 장사 준비해. 나는 그 사이에 이 콘센트나 좀 고쳐봐야겠다."

그렇게 말하며 채빈이 재경을 주방으로 돌려세웠다.

그때였다.

툭툭툭!

가게 입구 쪽에서 소리가 났다.

돌아보니 초등학생 여자애 하나가 가판대를 두드리고 있었다. 두 갈래로 머리를 땋은 귀여운 얼굴이었다. 다만 표정이 어쩐지 나이에 안 맞게 심드렁했다.

"어머, 초연이 왔구나."

재경이 부은 눈을 만지작거리며 웃어보였다.

초연은 매일같이 고사리 같은 손에 용돈을 들고 찾아와 떡볶이를 사먹는 소중한 손님이었다.

초연이 심드렁한 얼굴 그대로 재경에게 물었다.

"떡볶이 아직 없나요?"

"응."

"왜죠?"

"미안해, 초연아. 언니가 어제 너무 피곤해서 늦잠 잤어. 이따가 정오 지나서 다시 올래?"

초연이 인사도 없이 뚱한 얼굴로 돌아섰다. 재경은 조금 근심스런 얼굴로 고개를 갸웃거렸다.

'무슨 일 있나?'

평소에도 말이 짧고 여자애답지 않은 아이이긴 했지만 이 정도는 아니었다.

재경이 그런 생각을 하는 찰나 골목 끝에서부터 발소리가 커져왔다.

"어? 세만 씨?"

숨을 헐떡이며 나타난 사람은 세만이었다. 이마를 붕대로 싸맨 세만은 재경에게 손을 들어 인사하려다 곁을 지나치는 초연을 보고 뜨악한 얼굴로 물었다.

"야, 한초연. 여기서 뭐해? 시간이 몇 신데 학교 안 가?"

"남이사."

"인마, 나 지금 너네 집에서 오는 길이야. 빨리 학교 안 가면 아빠한테 이른다?"

"괜찮아요, 아빠는 무책임한 남자니까."

"너 그런 버르장머리 없는 말투 어디서 배웠어!"

"엄마가 그랬는데요."

초연의 걸음이 빨라졌다. 골목 너머로 삼켜지는 초연의 등 뒤에 대고 세만이 소리쳐 말했다.

"너 삼촌이 이따가 학교에 전화해서 확인할 거다!"

재경이 세만의 팔을 붙들고 물었다.

"무슨 일 있었어요?"

"네?"

"초연이네서 왔다면서요. 무슨 일 있어요?"

"아, 그게요……."

가게 안의 채빈을 발견한 순간 세만이 잠시 말을 어물거렸다. 뒤이어 대수롭지 않다는 투로 말을 이었다.

"무슨 일은요. 아무 일도 없어요."

"근데 거긴 왜요?"

"식당에 밥 먹으러 가지 왜 갑니까?"

"음, 그래요? 아니 그냥… 초연이 얼굴이 너무 침울해 보여서 뭔 일 있나 했어요."

"혼났나 보죠 뭐. 여자애가 공부는 안 하고 롤인지 뭔지 게임에만 빠져가지고."

대충 말을 끝낸 세만이 재경 몰래 채빈에게 눈짓을 보냈다.

채빈이 헛기침을 하며 출구로 걸음을 내딛었다.

"누나, 나 잠깐 전파사 갔다 올게."

"전파사는 왜?"

채빈이 소음으로 울리는 벽을 가리키며 대답했다.

"이거 고쳐야지. 누수 때문에 어디 콘센트 배선 하나가 그을린 거 같아. 이중피복선으로 갈면 될 거야."

재경이 의외라는 얼굴로 두 눈을 동그랗게 떴다.

"어떻게 그런 것도 알아?"

"척하면 딱이지. 여하튼 갔다 올게. 세만이 형, 전파사 어딘지 아세요?"

"어, 같이 가. 나도 담배 사야 돼."

재경을 놔두고 자연스레 두 남자가 가게를 나섰다.

골목을 지나 가게가 보이지 않게 되자 세만이 걸음을 멈추고 심각해진 얼굴로 물었다.

"어떻게 된 거야?"

"뭐가요?"

"채빈아, 솔직히 말해. 이건 일이 꽤 커. 네가 혹시 그 두 놈한테 무슨 짓이라도 한 거냐?"

채빈이 전혀 모르겠다는 얼굴로 짧은 숨을 토하며 시치미를 뗐다.

세만을 통해 정보를 얻긴 했지만 그간 있었던 사실은 숨기는 편이 낫다고 마음먹은 참이었다.

"저 아무 짓도 안 했어요. 왜요?"

"정말이야?"

"형한테는 거짓말 안 해요. 아까 재경 누나한테도 한 얘기지만 그날 가게에서 싸운 이후로 만난 적도 없어요."

"으음······!"

"대체 무슨 일인데요?"

"와, 이거 큰일이네."

세만이 담배 한 개비를 꺼내 물고 불을 붙였다.

하얀 연기를 왈칵 토해내며 침음 섞인 목소리로 말을 이었다.

"그 두 놈이 한두 군데 밉보이고 다닌 게 아닌 모양이다. 누가 그랬는지는 몰라도 아주 된통 당했어."

"그거 쌤통이네."

채빈의 말에 세만이 쓴웃음을 지으며 고개를 가로저었다.

"하긴, 내 추측이 너무 앞서갔지. 너 혼자서 어떻게 그런 일을 벌일 수 있겠냐. 상가연합 금고까지 털렸다더라."

"금고가 털려요? 대박이네."

세만의 얼굴에서 웃음이 완전히 사라졌다. 관자놀이를 손가락으로 꾹꾹 누르며 그는 허탈한 목소리로 말을 계속했다.

"웃을 일이 아냐. 그 돈 상가연합 회원들 곗돈이래."

"곗돈이요?"

"그래, 회장이 계주로 하던 돈인데 싹 털렸어. 조금 전에 왔던 꼬맹이네 기사식당도 그렇고 지금 계원들 완전히 초상집 분위기다."

채빈이 입을 다물었다.

세만은 필터까지 타들어가도록 힘껏 빨아들이고는 바닥에 담배를 비벼 껐다.

"큰일이네 진짜. 억세긴 해도 없는 돈으로 열심히 사는 사람들인데. 후우… 됐다. 너한테 이런 말해서 뭐하냐. 그건 그렇고 어디 간다 그랬더라? 전파사?"

이어지는 세만의 물음은 채빈의 귓가에 제대로 들어오지 않았다. 채빈은 느릿느릿 세만을 따라 전파사로 향하면서 마왕성에 두고 온 상가연합의 금고를 떠올리고 있었다.

'그런 돈인 줄은 몰랐는데.'

전선을 사가지고 가게로 돌아올 때까지 그 생각은 계속되었다. 지금까지 채빈의 공식은 '상가연합 전체=종문'이었다. 전원이 쓰레기 같은 인간들이라고 생각했다. 자신의 생각이 얼마나 안일하고 무자비한 것이었는지 채빈은 비로소 스스로를 돌아보고 있었다.

마왕성을 알게 된 이후로 돈에 대한 감각이 희미해진 탓도 한몫했을 것이다. 금고에 있던 2,853만 원이라는 거금을 보고도 그저 기뻤을 뿐, 숨이 막히도록 흥분되거나 가슴이 설레지는 않았다.

서민들이 하루하루 장사를 하면서 그 돈을 모으기까지 얼마나 큰 고생을 했을까. 모두가 종문 같은 쓰레기일 리 없다. 종문 하나 때문에 다른 상인들까지 피해를 보도록 놔둘 수는 없었다.

'도로 보내줘야겠다.'

채빈의 양심이 이건 명백한 잘못이라고 말하고 있었다.

채빈은 금고의 돈을 돌려주기로 결정을 내리고 허리를 폈다. 눈앞에는 이제부터 고쳐야 할 콘센트가 신랄하게 소음을 뿜어내고 있었다.

"정말 고칠 수 있어? 멍하니 뭐해?"

채빈이 퍼뜩 정신을 차리고 돌아보았다.

재경이 팔짱을 낀 채 채빈의 머리 너머로 콘센트를 들여다보고 있었다.

"어려운 거 없어. 누나는 장사 준비나 해."

"괜히 감전되는 거 아니니? 그냥 사람 부르자."

"됐다니까 그러네."

채빈이 코웃음을 치며 볼트를 풀고 콘센트를 뜯어냈다. 내장처럼 뒤엉킨 채 흘러나오는 전선을 보고 재경이 뒤로 한 발 물러섰다.

"얘, 전기 올라!"

"하여간 호들갑은. 어디 보자, 선이 이쪽에서 저쪽으로 점핑하면… 아, 저기구나. 세만이 형, 거기 정수기 뒤에 콘센트 있죠? 좀 봐주실래요?"

"어, 있다."

"예, 됐어요."

채빈이 정수기 뒤의 콘센트도 뜯어내고 전선을 잘라 끌어냈다. 끝없이 뽑아져 나오던 선의 한 군데가 그을린 채 코일을 드러내고 있었다.

"간단하네."

채빈이 새로 사온 이중피복선 끝을 잘라 코일을 엮고 테이프로 엮은 부위를 칭칭 감았다. 콧노래까지 부르며 여유있게 수리하는 채빈을 보고 세만과 재경은 할 말을 잃고 있었다.

"도대체 이런 건 어디서 배운 거야?"

"아버지. 전기 쪽에서 일하셨거든. 남자가 어느 정도 전기는 알아야 된다면서 어릴 때부터 형광등 가는 것부터 시키고 그러셨어."

설명하는 채빈의 얼굴이 감회로 젖어들었다. 투박했지만 따스했던 아버지였다. 살아계시면 얼마나 좋을까. 이제 마왕성도 있고, 얼마든지 효도할 수 있는데.

채빈은 시큰거리는 콧등을 구기며 고개를 들었다.

"세만이 형, 이제 선 심을 건데 제가 저쪽에서 심을 테니까 여기 똑바로 잘 나오게 바로 세워서 잡고 계세요."

채빈이 선 끝을 쑥 내밀자 세만이 경직된 얼굴로 양 광대를 실룩였다.

"저, 전기 안 오르나?"

"어휴, 안 올라요."

채빈이 헛웃음을 터뜨리며 세만에게 선을 쥐어주었다. 세만은 딱딱하게 굳은 채로 선을 쥐고 서서 입술 끝을 부들부들 떨었다.

세만의 걱정과 달리 감전사고 없이 수리는 무사히 끝났다.

뜯어낸 콘센트를 도로 연결하고 일어선 채빈은 만족스럽게 웃으며 이마의 땀을 쓱 닦아내고 있었다.

"봐, 조용하지? 사람 불렀으면 3만 원은 줘야 돼."

"멋있어, 채빈아. 누나 진짜 감격했다."

"그럼 알아 모셔. 나 김밥 먹고 싶어."

"기다려. 금방 말아줄게."

조용해진 가게를 둘러보며 채빈은 새삼스레 생각했다. 얼마나 안락하고 좋은 가게란 말인가. 쓰레기 같은 놈들 때문에 재경이 이토록 좋은 가게를 포기한다는 건 용납할 수 없는 일이었다.

"아, 채빈아. 그거 생각해 봤냐?"

세만이 어질러진 전선 잔해들을 쓸다 말고 불쑥 물었다.

"뭘요?"

"여기 지하에서 게임 작업장 알바하는 거. 아는 친구 있다고 물어본다고 하지 않았어?"

"아, 그거요. 그 친구가 사정이 있어서 당장은 힘들 것 같은데요. 되는 대로 물어볼게요."

채빈이 세만의 손에서 빗자루와 쓰레받기를 빼앗아 들며 대답했다. 애당초 채빈은 홀리 이미지로 분신을 만들어낼 수 있는 프라이어를 소개할 생각이었다. 그런 프라이어가 부재 중이니 당장은 별수가 없었다.

'어서 돌아와, 프라이어. 오면 2서클 마나 잔뜩 줄게.'

바닥을 쓸면서 채빈은 속으로 간절히 말했다. 창 너머 하늘에서 프라이어처럼 찬란한 태양이 머리 위로 치닫고 있었다.

바로 다음날 아침.

"이, 이게 뭐지?"

잃어버린 곗돈과 관련한 논의를 위해 일찌감치 상가연합 사무실에 나온 회장과 상인들은 문턱을 넘지도 못한 채 얼어붙고 말았다. 도둑맞았던 금고가 사무실 한가운데 오롯이 놓여 있는 것이 아닌가.

"그대롭니다. 정확해요."

계수기에 돈을 넣고 돌린 상인이 떨리는 목소리로 말했다. 금고 안에 담긴 곗돈은 10원도 빠짐없이 그대로였던 것이다.

돈과 함께 편지도 있었다. 소수의 악독한 상인들 때문에 상가연합 전체가 욕을 먹지 않도록 올곧은 운영을 부탁한다는 취지의 짧은 글귀였다.

'후후후.'

창밖에서 안을 들여다보고 있던 운디네가 욕조를 이끌고 그곳을 벗어났다. 사무실 안에서 터지는 환호가 그녀의 귀를 쩌렁쩌렁 울리고 있었다.

곗돈을 되찾은 상인들은 하루 만에 지옥에서 벗어났다.

환히 웃으며 등교하는 초연의 해맑은 얼굴이 그 증거였다. 초연은 간만에 용돈까지 두둑하게 받았다며 떡볶이를 먹는 내내 재경과 세만에게 자랑을 해댔다.

이틀이 더 지났을 때 세만이 따끈따끈한 정보를 가져왔다. 병원에 입원중인 종문이 자신의 가게를 내놨다는 훈훈한 소식이었다.

그날 밤 채빈과 재경, 그리고 세만은 밤이 새도록 술자리를 벌였다.

재경의 가게 쪽에 대한 걱정이 덜해지면서 채빈은 보다 자신에게 집중할 수 있게 됐다.

2서클의 마나를 얻은 채빈은 하루의 태반을 마왕성에서 마법을 수련하며 보냈다.

"후우! 후우!"

칸체레 수도원을 공략하기 전까지 가진 힘을 최대한 발휘할 수 있도록 준비를 해야 했다. 새로 얻은 2서클의 파이어 애로우와 홀드 마법뿐만 아니라 기존의 1서클 마법들까지 채빈은 두루두루 연습하길 매일같이 반복했다.

'이거 진짜 쩌는데?'

텔레키네시스 마법을 사용하기가 스스로도 놀라울 정도로

수월해졌다. 가까스로 고물TV 하나를 조종하다가 기절하던 예전에 비하면 능률이 거의 2배 이상 상승한 듯했다.

매직 애로우도 마찬가지였다. 예전에는 3번을 사용하고 나면 숨이 가빠오고 심장이 무거워졌지만 이제는 10번을 연속으로 사용해도 견딜 수 있을 정도가 되었다.

고작 한 단계 상승했을 뿐인데 이토록 능력이 월등해지다니. 이제껏 지금처럼 마법 수련이 즐거웠던 적은 없었다.

채빈은 기쁨에 겨워 수련 내내 입가의 웃음을 거두지 못하고 있었다.

그러나 가장 큰 기쁨은 따로 있었다.

현실의 재물과 직결되는 경이로운 마법.

바로 에나의 소스 제조 마법이었다.

"맙소사!"

일주일이 지나자 10㎏ 김치통 2개를 가득 채우고도 반이 더 나오는 양의 소스가 만들어졌다. 2서클의 마나 덕에 소스 양 또한 기존의 2배 이상으로 대폭 상승한 것이었다.

'10㎏에 130만 원씩 받았으니까……. 이젠 대략 일주일에 325만 원이네. 와, 씨발. 진짜 돈 이렇게 쉽게 벌어도 되나?'

한 달이면 무려 1,300만 원의 거액이다. 채빈은 침음을 흘리며 뒤로 벌러덩 드러누웠다. 스스로 생각하기에도 돈을 너무 쉽게 버는 것 같아 얼마간 어처구니가 없을 정도였다.

"주인님, 방송 끝났으니 이제 말씀하셔도 돼요."

허공에서부터 운디네의 목소리가 들려왔다. 그녀는 복층 구조인 원룸의 2층에서 인터넷 방송을 해오고 있었다. 방송을 위한 컴퓨터도 채빈이 추가로 장만해 두었다.

"수고했어. 어때?"

"오늘은 별풍선 8,211개 얻었어요. 60만 원 조금 안되겠네. 운디네의 이 미모는 질리지가 않나 봐요."

"어련하시겠어."

"후후후. 아, 맞다. 입금해야지."

운디네가 공인인증서를 클릭하고 채빈의 은행 홈페이지에 접속했다.

채빈은 아예 정령적금 관리를 운디네에게 맡겨둔 상태였다. 프라이어는 없지만 운디네가 부지런히 방송을 하면서 저축을 해준 덕에 정령적금의 잔고는 꾸준히 불어나 1,500만 원에 육박하고 있었다.

칸체레 수도원 공략을 미뤄두었기 때문에 아이러니하게도 생활의 리듬이 잡혔다.

채빈이 수련하는 동안 운디네는 방송을 하면서 돈을 벌고, 주말에는 함께 독트로스 광산과 동부 지저성 던전을 공략했다.

던전을 공략하면서 코인도 전에 없이 마왕성 책상 위에 수

북하게 쌓여갔다. 보상은 금덩이 하나조차 나오지 않았지만 채빈은 만족했다.

순식간에 4번의 주말이 지나갔다.

7월의 장마를 코앞에 둔 일요일 저녁. 채빈은 그간 벌어들인 돈을 확인하는 자리를 가졌다.

계산은 간단했다. 소스 값과 금을 처분한 값을 꼬박꼬박 넣은 보통예금과 운디네가 그간 저축한 정령적금의 잔고를 합치는 게 전부였다.

―보통예금 31,253,129원
―정령적금 28,533,192원
―총합 59,786,321원

"흐음……."

대략 예상한 결과이긴 했지만, 채빈은 한숨이 나왔다. 평범한 인간의 기준으로 보면 분명 엄청난 수익이었다. 하지만 아직 집값인 14억 2,000만 원을 충당하기까지는 부족해도 한참 부족한 금액인 것이었다.

언제쯤 이 집을 통째로 사버릴 수 있을까. 하루라도 빨리 불안하지 않게 마왕성을 나만의 것으로 만들고 싶은데.

가난하던 시절에는 몰랐는데 과연, 사람의 욕심이란 끝이 없다는 말이 뼈저리게 실감되는 채빈이었다.

"개발은 안 해요?"

벌러덩 드러누운 채빈의 머리 위로 운디네가 얼굴을 불쑥 내밀었다. 드리워진 그늘 속에서 채빈이 크게 하품을 했다.

"뭘?"

"마왕성이지 뭐예요. 그간 던전 공략하면서 1,322코인이나 모았잖아요? 또 새로운 개발항목이 나올지도 모르는데 안 궁금하세요?"

"그러네. 이제 마왕성 Lv.4로 개발이지? 얼마 들더라?"

"870코인이요. 어쩜 저보다 모르실 수가 있죠?"

"모를 수도 있지. 근데, 조금만 있다 갈까. 피곤한데……."

채빈의 두 눈이 가물거리고 있었다. 운디네가 눈치 좋게 베개를 가져다 채빈의 머리 밑에 넣어주었다.

"좀 주무세요."

"고마워."

언제나처럼 자연스럽게 이어지는 그녀의 손길이 채빈의 머리칼을 부드럽게 쓰다듬기 시작했다.

기분이 좋아진 채빈은 흐리멍텅한 시선으로 운디네의 얼굴을 올려다보았다.

역시, 예쁘기 그지없었다.

'레벨이 오르면 미모도 변하나?'

전에 없이 청초하게 느껴지는 운디네를 보며 채빈은 생각했다. 4주 동안 운디네는 규칙적으로 채빈의 마나를 섭취했고 어느덧 Lv.11이 되어 있었다.

'아니, 그게 아닌가.'

채빈은 운디네와 키스를 했던 그날 밤을 떠올렸다. 어쩌면 이 미묘한 변화는 그날부터였을지도 모른다.

운디네는 더 이상 채빈을 크게 당황시키는 짓을 하지 않고 있었다. 여전히 종종 짓궂은 장난을 치긴 해도 일정한 선을 스스로 그어놓고 넘으려 하지 않는 것이었다.

"저기, 운디네."

돌연 궁금증이 솟아난 채빈이 슬쩍 입을 열었다.

운디네가 지그시 감았던 눈을 떴다.

"말씀하세요, 주인님."

"그게 그, 그때 하다가 말았던 말이 뭐야? 말로 하려니까 민망한데 좀 궁금해서."

"아아……."

운디네가 희미한 미소를 지었다. 그것뿐, 딱히 말은 없었다. 채빈은 의아함을 느끼고 일어났다. 운디네의 흔들리는 물빛 두 눈이 어쩐지 슬퍼 보여서였다.

"왜 그래?"

운디네는 그저 채빈을 바라보기만 했다. 애처로움으로 요

동치는 두 눈은 마치, '내 입으로는 그 무엇도 먼저 말씀드릴 수 없어요' 라고 말하는 듯했다.

천천히, 의식하지 못한 사이에 채빈과 운디네의 얼굴이 가까워지기 시작했다. 지난밤의 달콤함을 잊을 수 없었다는 듯이, 겹쳐지기 직전의 두 입술이 격정으로 파르르 떨리고 있었다.

바로 그 순간이었다.

슈우우욱!

"우왁!"

채빈과 운디네의 시선 사이에서 빛이 번쩍였다. 거기에서 나타난 주먹 크기의 빛 덩어리가 고장 난 가로등처럼 불규칙적으로 빛을 번쩍거리며 채빈의 머리 위를 빙빙 돌았다.

"…프라이어?!"

"정령계에서 돌아온 거야?"

채빈과 운디네가 동시에 고개를 쳐들고 물었다.

예전보다 작아지긴 했지만 확실히 프라이어였다.

프라이어는 채빈의 머리 위에서 내려오더니 인간 형태로 변해 무릎을 꿇고 말했다.

"걱정을 끼쳐 드렸습니다, 형님. 회복이 이제 막 끝나 보고드리러 온 참입니다. 그런데 강제 소환을 당하면서 제 레벨이 4단계나 하락했습니다. 죄송합니다."

채빈은 감격스러운 표정으로 눈물까지 글썽이며 프라이어를 부둥켜안았다.

"장난해? 그깟 레벨이야 다시 올리면 되는 거지! 다행이다. 별일없는 거지? 괜찮지?"

채빈이 몸을 떼고 프라이어의 얼굴 여기저기를 살피며 몇 번이고 물었다. 프라이어가 고개를 조아리며 대답했다.

"괜찮습니다, 형님. 그것보다 방해해서 죄송합니다."

"…방해?"

채빈이 의미를 파악하지 못하고 얼빠진 얼굴로 되물었다.

프라이어가 힐끗 운디네를 눈짓으로 살피고는 말을 이었다.

"마저 하십시오. 정령계로 돌아가 있겠습니다."

"아니, 마저 하긴 뭐, 뭔 소리야?"

"키스하십시오, 형님."

"얘가 뭘 정령계에서 잘못 먹고 왔나? 그런 거 아니라고!"

채빈이 상기된 목소리로 침까지 튀겨가며 강하게 부정했다.

돌아앉은 운디네는 프라이어를 흘겨보며 입술을 뾰로통하니 내밀고 있었다.

"어, 어쨌든 프라이어도 무사히 돌아왔으니 마왕성 개발이나 하러 가자!"

창피한 상황을 모면하려 채빈이 서둘러 자리를 털고 일어섰다. 두 정령을 대동하고 지하 창고의 문을 열 때까지도 달아오른 얼굴의 열기는 가시지 않고 있었다.

'프라이어 이 자식, 혹시 어수룩한 척하면서 날 놀리는 거 아냐?'

870코인을 넣는 내내 채빈은 수상한 눈초리로 몇 번이나 프라이어의 표정을 살폈다. 하지만 언제나 그렇듯 프라이어는 포커페이스였다.

무덤덤한 표정으로 쉬지 않고 동상에 코인을 넣고 있을 뿐이었다.

〈마왕성의 게시판〉

1. 개발 진행 중
A. 마왕성(Lu.3→Lu.4)
—완료까지 남은시간:34분
—개발 진행 중에는 다른 작업을 할 수 없습니다. 개발을 취소하시려면 접촉하십시오.
—생명체가 존재하면 개발이 완료되지 않으니 완료시점에는 마왕성을 비워주십시오.

"34분이라… 이젠 개발시간도 꽤나 길어졌구나."

채빈이 게시판을 바라보며 중얼거렸다.

Lv.4의 마왕성은 어떤 모습을 하게 될까. 그리고 또 어떤 개발항목이 새로이 추가될까.

채빈은 생각하길 그만두고 일어섰다. 어차피 34분만 지나면 다 알게 될 일이었으므로.

"개발완료도 돼야 하니 일단 돌아가자. 프라이어 레벨도 좀 올려줘야 할 것 같고, 앞으로 어떡할지 계획도 좀 논의하고."

"네, 형님."

쿠우우웅!

채빈과 두 정령이 나가고 텅 빈 마왕성에서 굉음이 일었다.

돔 형태의 공간 전체가 반시계 방향으로 회전하기 시작했다. 풍경을 가늠할 수 없을 만큼 빨라지는 속도의 복판에서 마왕성의 형태가 부풀어 올랐다. 커지는 마왕성에 맞춰 공간 역시 확장되고 있었다.

34분 후.

"우와악! 이게 뭐야?!"

결과를 확인하러 돌아온 채빈은 드넓어진 풍경 앞에서 경악을 금치 못했다. 이런 적은 없었다. 이토록 놀랄 만큼 마왕성의 모습이 급격히 바뀐 건 지금이 처음이었다.

한심하게 보이기까지 했던 오두막은 사라지고 쥐색의 성이 자리를 차지하고 있었다. 높이 5m에 달하는 작은 규모였지만 어쨌든 성은 성이었다. 돌출 총안이 있는 두 망루 사이로 내리닫이 창살문으로 된 입구가 만들어져 있었다.

마왕성(Lu.4)

문패를 확인한 채빈의 가슴속에서 형용하기 힘든 감동이 차올랐다.

비로소 진정한 성의 면모를 갖게 된 마왕성을 앞에 두고 그는 한참이나 감동을 만끽하며 서 있다가 떨리는 걸음을 천천히 내딛었다.

내부로 들어서자 이제는 홀이라고 부를 수도 있을 만한 30평 정도의 널찍한 공간이 채빈을 맞이했다.

붉은 융단이 바닥에 깔려 있었고, 천장에는 은은한 빛을 흘리는 샹들리에도 매달려 있었다.

사방의 벽이 보랏빛 커튼으로 에워싸인 가운데 한눈에도 고급스러워 보이는 백색의 침대가 놓여 있었다.

침대 옆자리를 차지하고 있는 건 악마 동상이 놓인 책상이었다. 이것만은 전혀 변함이 없는 그대로였다.

채빈은 정겨움마저 느끼며 그리로 다가가 동상을 향해 손을 뻗었다. 돌기를 조작하자 동상이 말풍선을 뿜어냈다.

1. 개발상태
A. 마왕성(Lu.4)
—설명:마왕의 거처.
—기능:마왕성에서 수면할 경우 체력 회복력이 40%, 상처 치유력이 50% 상승한다.

"흠, 특별히 다른 기능은 안 생겼네."
 회복력과 치유력이 올라간 것 말고는 특이점이 없었다. 채빈은 조금 실망한 시선을 떨어뜨려 아래의 개발가능 목록을 확인했다.

2. 개발가능 목록
—없음

"없다고?!"
 채빈은 어이가 없었다.
 새로운 항목까지는 아니더라도 최소한 기존의 시설이라도 개발할 수 있을 줄 알았는데 '없음'이라니.
 등 뒤에서 지켜보고 있던 프라이어가 말했다.

"칸체레 수도원을 공략하기 전에는 개발을 진행할 수 없을 것 같군요."

"그래요, 주인님. 지금까지의 개발과정으로 보면 의뢰소와도 연계되어 있을 듯해요."

운디네가 뒤이어 말을 받았다.

채빈이 고개를 끄덕이며 중얼거리듯 말했다.

"그래, 아마 그렇겠지. 추측이지만 칸체레 수도원을 공략하고 나면 던전 관리소 개발이 가능해질 것 같아. 그리고… 그 다음엔 천화지 대륙의 두 번째 던전이 열리겠지. 그 던전까지 공략하고 나면 의뢰소에서 의뢰가 주어질 테고. 으흠, 다음 개발가능 목록이 뜨는 건 의뢰까지 해결하고 나서일까."

말을 마친 채빈이 양 어깨를 으쓱해 보이며 씩 웃었다.

막상 이렇게 개발가능 목록이 없고 보니 오히려 마음이 편해지는 듯도 싶었다. 어차피 칸체레 수도원을 공략할 방법을 찾아내기 전까지는 현실에 집중할 계획이었으니까.

"그럼 이만 돌아가시죠, 형님. 저도 그간 밀린 돈벌이를 하러 가야겠습니다."

프라이어의 말에 채빈이 손가락을 튕기며 돌아섰다.

"아, 맞다. 프라이어, 이제 번거롭게 여기저기 다니지 말고 한군데에서 일할 수 있을 거야."

"한군데요?"

"작업장이라고 있는데 아는 형이 소개시켜 준 거거든. 일단 기본적으로 게임을 하면서 실제로 돈이 될 만한 아이템이랑 게임머니를 모으는 일인데……."

걸음을 옮기며 채빈이 부지런히 설명했다. 채빈과 두 정령이 출구를 통과하여 사라지자 마왕성 내부를 밝히고 있던 빛도 천천히 희미해졌다.

제2장
작업장

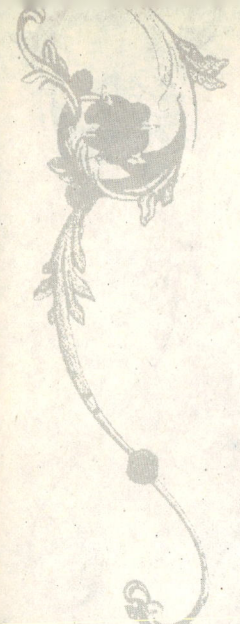

이계
마왕성

다음날 아침, 재경의 가게.

툭!

세만이 쥐고 있던 젓가락을 놓쳐버렸다. 그의 눈앞에는 채빈과 9명의 건장한 남자가 늘어서 있었다.

"아……."

세만의 벌어진 입에서 의미를 알 수 없는 침음이 흘러나왔다. 채빈은 떨어진 젓가락을 집어 세만의 손에 도로 쥐어주며 말했다.

"알바생 많을수록 좋다고 하셨잖아요. 컴이 80대나 된다고. 잊어버리셨어요?"

"아… 그야 물론 그, 그랬지. 분명히 내가 그렇게 말했지. 기억하고 있어."

세만이 더듬거리는 말투로 뒷머리를 헤집으며 대답했다.

채빈이 데려온 9명의 남자는 모두 프라이어였다.

채빈의 2서클 마나를 섭취한 덕에 Lv.12가 된 프라이어는 이제 홀리 이미지로 9개까지 분신을 만들어낼 수 있게 된 상태였다. 채빈은 이 9명을 프라이어를 모두 작업장 알바생으로 쓰기 위해 데려온 참이었다.

"이, 일단들 앉아요. 채빈아, 떡볶이라도 내올까?"

주방의 재경이 어색한 미소를 지으며 권했다. 채빈이 웃으며 고개를 가로저었다.

"다들 밥 먹고 왔어. 괜찮아. 밥은 됐고, 세만이 형. 지금 당장 내려가 볼 수 있죠?"

작업장은 멀지도 않은 이곳 아우랑 빌딩의 지하였다.

채빈은 빨리 내려가서 작업장 풍경도 보고 일을 진행시키고 싶었다.

"그래, 그럼 일단 사장님한테 전화부터 해보자."

세만이 쭈뼛거리며 핸드폰을 꺼냈다. 신호음이 울리는 동안에도 세만은 몇 번이나 똑같은 표정을 짓고 있는 9명의 프라이어를 기이한 눈초리로 살피고 있었다.

"아, 여보세요. 유 사장님, 저 세만인데요. 그 뭐냐… 요전에 말씀하셨잖아요. 작업장 아르바이트 구한다고……. 네?"

세만이 심상치 않은 기색으로 자세를 낮췄다. 채빈이 의아하게 바라보는 가운데 세만은 '네네.' 하는 대답만 몇 번 반복한 끝에 전화를 끊었다.

"이것 참……."

"왜 그러세요, 세만이 형? 무슨 일 있어요?"

"그게……. 사업을 접는다고 그러네."

세만이 난처한 얼굴로 뺨을 긁적거렸다. 채빈은 멍하니 서서 그런 세만을 내려다보다가 뒤로 한껏 목을 젖히며 맥 빠진 한숨을 길게 뿜어냈다.

"미안해."

"괜찮아요. 형 잘못도 아닌데."

"이분들한테도 면목이 없네. 여기까지 힘들게들 오셨을 텐데."

9명의 프라이어를 두고 한 말이었다. 정작 무표정한 프라이어들의 얼굴에서는 아르바이트를 할 수 없게 되었다는 실망감 따윈 전혀 찾아볼 수 없었다.

채빈이 기지개를 펴며 지나가는 투로 물었다.

"근데 그 사장님 사업은 왜 접는대요? 장사가 잘 안 되나?"

"확실히 예전만큼 좋지는 않지. 빠질 건 많은데 되는 돈은 점점 줄어드니까. 제일 큰 게 아무래도 인건비지. 그래도 아직까지 할 만은 해."

"그런데 왜……?"

세만이 자기 정수리를 손가락으로 콕콕 찔러 보였다.

"원형 탈모증 걸렸대. 매일 밤에 일하고 낮에는 자고 올빼미 생활을 계속하다 보니까 아주 돌아버리겠단다. 부인이 이혼하겠다고 펄펄 뛰어서 안 접고는 못 견디겠다더라."

"으음……. 그런 문제도 있구나."

채빈이 고개를 천천히 끄덕였다. 세만은 작업장이 자리하고 있을 바닥을 발로 툭툭 밟으며 말을 이었다.

"그 양반 시설 싹 바꾼 지 얼마나 됐다고. 아깝긴 한데, 요즘 같은 불경기에 누가 섣불리 인수를 할까."

"진짜로 돈이 되긴 돼요?"

"되니까 하지. 호구도 아니고 안 되면 왜 해?"

"작업장 운영하는 거 어려워요?"

"방법 자체엔 별거없어. 그냥 노가다야. 센스가 요구되는 노가다."

"세만이 형은 작업장에 대해 좀 아세요?"

채빈이 세만을 향해 의자를 바싹 당겨 앉으며 물었다. 기대가 어려 있는 눈빛이 부담스러워 세만은 조금 뒤로 물러나 앉으며 대답했다.

"뭐, 예전에 나도 좀 했었거든. 조금은 알지."

"형은 뭐 도대체 모르는 게 없어요? 얼마나 아시는 건데요? 직접 운영해도 될 정도로 아세요?"

"야, 작업장 일 반년만 똑바로 하면 누구나 운영할 만큼은 배워. 말아먹고 말고는 또 다른 문제겠지만. 근데 뭘 그렇게 캐묻고 그러냐?"

"아니, 그냥 좀……. 경험하지 못한 세계이다 보니까 궁금하기도 하고 해서요. 그리고, 그렇게 돈이 되는 자리라면 세만이 형이 인수해도 될 텐데……?"

채빈이 살짝 속을 떠보듯이 말끝을 흐렸다.

세만이 딱하다는 듯이 혀를 끌끌 차며 손가락으로 동그라미 모양을 해 보였다.

"귀찮아. 그리고 쩐이 있어야 인수를 하든 말든 하지."

"돈이요? 얼마나 드는데요?"

"거야 뭐, 자릿세 빼고 컴이 80대니까 시설만 해서 돈 3,000만 원 정도는 있어야겠지. 근데 너 진짜 왜 이렇게 집요하게 묻냐? 관심 있어? 억!"

세만이 갑자기 비명을 질렀다. 심각하기 그지없는 얼굴이 된 채빈이 세만의 손을 부서져라 부여잡은 참이었다.

"도와주세요, 새만이 형."

"도, 도와달라니 뭘?"

"작업장이요. 제가 인수할 테니까 운영하는 것 좀 도와달라고요."

"네가 인수하겠다고?"

"그 정도 인수할 돈은 있어요."

"대체 너 정체가 뭐냐? 그 나이에 무슨 돈이 그렇게 많아?"

"그냥 열심히 모은 거예요. 어쨌든 형, 네? 저 혼자서는 무리예요. 형이 도와주셔야 돼요. 분명히 형은 작업장이 돈이 된다고 했잖아요. 형 믿고 드리는 얘기예요."

"안 믿어도 되는데."

"아, 형. 그러지 말고요. 네? 돈은 섭섭하지 않게 챙겨드릴 테니까. 제발요."

채빈이 간곡한 어조로 재차 부탁했다. 지금까지의 경험으로 비추어 볼 때 세만은 충분히 신뢰할 수 있는 사람이었다.

채빈은 세만이라는 사람의 인격뿐만 아니라 의외로 폭넓은 지성에 대해서도 뿌리 깊은 믿음을 가지고 있었다.

"으음……. 도와주려면 분식집 닫고 나서나 가능할 텐데."

"그럼 되죠. 24시간 봐달라는 게 아니잖아요."

"말이야 쉽게 했지만 생각보다 배울 게 많아. 감도 잡아야 하고, 오토 프로그램이랑 이런저런 것들도 배워야 하고."

"열심히 배울게요. 그리고 제가 데려온 애들도 머리 나쁘지 않아요. 한 번 알려주면 금세 배울 거예요."

"휴우……!"

세만이 길게 한숨을 내쉰 끝에 양 무릎을 찰싹 내려쳤다. 시선을 든 그의 두 눈 안에 잔뜩 기대를 품은 채빈의 얼굴이 아로새겨져 있었다.

"망해도 난 모른다."

"오케이!"

채빈이 쾌재를 부르며 탁자를 주먹으로 내려쳤다. 지금껏 잠자코 듣고 있던 재경이 근심스런 얼굴로 다가와 세만에게 물었다.

"정말 괜찮을까요, 세만 씨?"

"뭐… 최소한 그럭저럭 본전은 뽑을 겁니다. 나름 굴러 본 바닥이라."

세만이 수염으로 꺼끌꺼끌한 턱을 만지며 태평스럽게 대꾸했다. 그 밑도 끝도 없는 태평함이 오히려 굳은 신뢰감이 되어 돌아온다는 점이 재경 스스로도 조금은 어처구니가 없었다.

채빈은 세만을 따라 곧바로 작업장을 인수하게 되었다.

지하 작업장은 깔끔하게 정돈되어 있었다. 딱히 하자라고 보일만한 부분도 없고 해서 보증금 1,200만 원에 월 110만 원으로 계약을 끝냈다. 그 외에도 80대의 컴퓨터를 포함한 전반적인 시설에 3,100만 원의 거액을 들였다. 어쩔 수 없이 채빈은 정령적금을 깨야만 했다.

사흘을 투자해 이런저런 문제를 해결한 뒤 작업장에 모두가 모였다. 형광등을 환히 밝힌 조용한 지하 작업장에서 세만의 강의가 시작되었다.

"그럼 시작하기에 앞서서 기본적인 것들을 배워야지요. 모두 주목해 주세요.."

채빈과 9명의 프라이어는 이제 갓 학교에 입학한 신입생처럼 세만의 말에 귀를 바싹 기울이고 있었다.

"게임을 하나만 하는 게 아닙니다. 물론 안정적으로 지속적인 수입이 되는 게임을 주로 하겠지만 일단 개념은 돈되는 거면 다 한다고 생각해두세요. 새로 나온 게임도 무조건 클베 시기부터 테스터 신청을 하고, 돈이 될 게임인지 아닌지 맛을 봐야 합니다. 그리고 또……."

세만의 강의는 거침이 없었다. 불과 10여 분을 채 듣기도 전에 채빈은 강의에 흠뻑 빠져들어 버렸다.

세만은 자기가 말한 것처럼 작업장에 대해 조금 아는 수준이 아니었다. 흡사 지금까지의 모든 인생을 작업장에 바친 사람인 것처럼 통달해 있었다.

운영에 관한 전반적인 문제에 대해서도 막히는 게 없었다.

인터넷 회선 관련, 컴퓨터 설정과 필요한 프로그램의 설치에 이르기까지 일련의 제반사항을 세만은 척척 해냈다.

역시 고구려대 컴공과는 뭐가 달라도 다르구나, 하고 채빈은 가슴 깊이 감탄을 거듭할 뿐이었다.

게다가 더욱 놀라운 건 인맥에서였다. 캐릭터를 만들기 위해 필요한 계정이 세만의 노트에는 넘쳐나고 있었다. 채빈이 혀를 내두르며 물었다.

"대체 이게 다 누구예요?"

"내가 친척이 좀 많거든."

"아무리 친척이 많아도 무슨 300명이 넘어……!"

"많이 알면 암흑검 맞는다."

대략적인 준비가 끝난 후 세만은 두어 시간을 투자해 서비스 중인 온라인 게임들의 동향을 파악했다. 그런 다음 시간투자대비 효율이 좋은 게임을 얼마간 골라 80대의 컴퓨터에 맞춰 플랜을 짰다.

"아무래도 기본적인 매뉴얼은 만들어야겠군. 넉넉하게 10부 정도만 뽑아둘까. 이거, A4용지 400장은 들겠는데."

세만이 그렇게 중얼거리며 프린터기의 전원을 켰다. 9명 중 1명의 프라이어가 세만에게 다가가 말했다.

"1부만 뽑으시면 충분합니다."

"아니, 그래도 채빈이까지 사람이 10명이나 되는데요."

"제가 혼자 공부하고 알려주면 됩니다. 1부만 뽑으세요."

당연한 얘기였다. 9명의 프라이어는 애당초 모두 한 몸이니 1명만 공부하면 될 일이었다. 하지만 세만은 프라이어가 빛의 정령이라는 판타지 같은 사실을 알 턱이 없었기에, 황망한 표정을 하고 있었다.

"뭐, 그러시면 일단 1부만 뽑죠. 나중에 필요하면 더 뽑으시거나……."

41페이지짜리 매뉴얼 1부가 완성되었다. 프라이어는 세만으로부터 매뉴얼을 건네받아 그 즉시 학습을 시작했다. 그리고 30분 만에 완독을 끝내더니 실전으로 들어설 준비에 들어갔다.

"저기, 잠깐만."

초조하게 지켜보고 있던 채빈이 컴퓨터 앞에 앉은 프라이어를 붙들고 속삭였다.

"프라이어, 연기라도 좀 해."

"연기요?"

"세만이 형은 9명의 널 평범한 인간으로 여기고 있잖아. 좀 다 같이 공부하는 척이라도 해야지."

"알겠습니다, 형님. 앞으로는 그런 부분에 있어서도 주의하겠습니다. 자, 너희들! 모두 이리 모여!"

자기가 부르고 자기가 모이는 프라이어였다.

1명의 프라이어를 8명의 프라이어가 둥글게 에워쌌다. 그 자세 그대로 석상처럼 미동도 없이, 무표정한 얼굴로, 쑥덕쑥덕 건조한 설명이 시작되었다. 테이블 너머에서 바라보는 세만의 얼굴이 창백해지고 있었다.

"그럭저럭 학습이 되었습니다. 시작해 보겠습니다."

해산한 9명의 프라이어가 각자 한 라인씩 맡아 작업을 시작했다. 이 과정에서 세만은 어쩔 수 없이 경악하고 말았다. 프라이어들이 보인 굉장한 학습능력 때문이었다.

"야, 이 사람들 작업장 처음 아니지? 다 딴 데서 하다 온 사람들이지?"

세만이 채빈에게 그렇게 물었을 정도였다.

그로서는 도저히 믿을 수가 없었다. 프라이어는 그저 매뉴얼 한 번 읽고 자신의 강의 조금 들었을 뿐이었다. 그리고 저희들끼리 10여 분간 쑥덕거린 게 전부였다.

그런데 지금 눈앞에서 펼쳐지고 있는 광경은 뭐란 말인가.

3시간이 채 지나지 않아 세만은 인정할 수밖에 없었다.

프라이어들의 작업 능률은 그야말로 경이적이었다. 최적의 캐릭터 설정에서부터 시간대비 수익이 높은 맵의 파악을 비롯해 전반적인 모든 부분에서 완벽 그 자체였다. 무엇보다도 터무니없게 부지런하기까지 해서 실시간으로 이곳저곳 맵을 옮겨 다니며 작업에 가속을 붙이고 있었다.

"이, 이거 아무래도 난 나설 일조차 없겠는걸."

세만이 그렇게 너스레를 떨었을 정도였다. 세만이 이 정도 니 채빈은 낄 곳조차 없었다. 9명의 프라이어가 각자 8~9대의 컴퓨터를 전담해 작업을 개시했기 때문이었다.
 "와, 죽겠네."
 채빈은 프라이어들이 잠깐 읽고 버려둔 매뉴얼을 붙잡은 채 여전히 낑낑거리고 있었다.
 작업장이라고 해서 그저 게임이나 실컷 하고 아이템이나 모으면 되는 줄 알았더니 이게 웬 걸.
 프로그램 다루는 법에서부터 주로 해야 할 게임의 시스템과 사냥터, 나오는 아이템과 이벤트 일정 등등 숙지해야 할 점이 한두 가지가 아니었다.
 사흘이 지났을 때 채빈은 뇌에 과부하가 일어나는 것을 느껴야 했다. 끙끙거리는 채빈을 보다 못한 프라이어가 세만이 자리를 비운 틈에 다가와 말했다.
 "형님은 그냥 쉬십시오."
 "어?"
 "공부는 저희들이 다 했으니까요. 경험으로만 배울 수 있는 부분들은 세만 님을 통해 학습하면 되니 형님께서는 편안히 쉬십시오."
 "아아……."
 프라이어의 그 말이 어찌나 고마운지 채빈은 하마터면 눈물을 흘릴 뻔했다. 프라이어는 싱긋 웃으며 채빈의 손에서 매뉴얼을 빼앗았다. 그 대신 시원한 캔 커피 하나를 손에 쥐어 주고 자기 자리로 돌아갔다.

작업장이 시작되고 정확히 일주일 후.
이제 운영은 체계가 잡혀 막히는 부분 없이 술술 흘러가고 있었다. 역할 분담도 확실해졌다. 9명의 프라이어가 80대의 컴퓨터를 모두 맡아 오토 캐릭터들을 돌리며 게임 작업을 했다. 그리고 세만은 가끔씩 터지는 크고 작은 문제들을 해결하거나 거래 관리, 유지 및 보수 쪽을 담당하는 작업장 관리 쪽으로 자리를 잡았다.
"여보세요, 여기 서울인데요. 네, 대구시라고요? 네네, 아니요. 그니까 다름이 아니라 그 자리 저희가 선점했잖습니까. 솔직히 그렇잖아요. 다들 먹고살기 힘든 거 똑같고 피차 작업장 굴러가는 상황 모르는 것도 아닌데 이러지 마십시다. 네네, 네네, 그래요. 그 부분은 저희도 잘못이 좀 있고요. 알겠습니다. 감사합니다."
작업장끼리의 분쟁을 해결하는 것도 아무래도 경험 많은 세만의 몫이었다.
가끔 중국 쪽 작업장일 경우에는 짧은 중국어 몇 마디로 언성을 높이다 전화기를 내던지는 경우도 있었지만, 대체적으로 세만은 침착하게 분쟁을 처리해냈다.

'밥 먹을 시간이네.'

어느덧 벽시계의 시침이 8시를 가리키고 있었다.

채빈이 핸드폰을 들고 번호를 누르며 세만에게 물었다.

"세만이 형, 중국집에서 시켜 먹죠. 저녁 뭐 드실래요?"

"어어, 난 짬뽕이랑 이과두주."

"나는 간짜장 먹어야지. 아, 여보세요? 중국룡이죠? 짬뽕 하나랑 간짜장 하나랑 이과두주 1병만 갖다 주세요. 여기 주유소 뒤쪽 아우랑 빌딩이요. 네네, 1층 분식집으로 가져다주시면 돼요. 네, 고맙습니다."

채빈이 전화를 끊었다. 가능하면 작업장을 노출시키지 않는 편이 낫다는 세만의 말에 따라 식사는 재경의 가게에서 하고 있었다.

채빈은 재경에게 받은 열쇠를 꺼내 들고 세만과 함께 1층으로 올라와 가게 문을 열었다. 그러기가 무섭게 주문한 음식이 배달되었다.

"야, 채빈아. 내가 그동안 계속 물어보고 싶었는데 말이야."

탁자에 앉으며 세만이 말을 슬쩍 꺼냈다.

"말씀하세요. 뭔데요?"

"네가 데려온 사람들은 뭐 안 먹냐? 일주일 동안 저 사람들이 뭐 먹는 걸 한 번도 못 봤다."

프라이어들을 두고 하는 얘기였다. 빛의 정령이니 음식을 먹을 필요가 없다고 어떻게 말할 수 있을까. 채빈은 되는 대로 둘러댔다.

"저도 물어봤는데 하루 한 끼만 먹으면 된다고 걱정 말래요."

"아무리 그래도 그렇지, 10시간을 내리 작업만 하면서 물 한 모금을 안 마시던데?"

"목이 안 마르니까 안 마시는 거겠죠 뭐."

"그것뿐만이 아냐! 말 한마디 없는 것도 너무 이상해. 무릇 사람이라면 아무리 내성적이라도 최소한 오늘 날씨는 어떻다, 게임이 잘 풀린다 만다 정도의 대화는 해야 정상 아니냐? 야, 채빈아. 이렇게 말하는 거 좀 미안한데, 저 사람들 일하는 거 가만히 보고 있다 보면 이상하게 소름이 끼친다. 가뜩이나 지하 작업장인데 새벽녘에는 모골이 송연해진다고."

채빈이 한 젓가락 가득 집어 올리던 면발을 내려놓고 낄낄 웃음을 터뜨렸다.

"왜 웃어?"

"이상한 사람들은 아니에요. 무슨 소름이 끼칠 것까지야……. 그리고 정작 가장 중요한 일들은 잘하잖아요?"

채빈이 되묻자 세만은 고개를 끄덕이고는 이과두주 한 잔을 벌컥 들이켰다.

"크으… 맞아. 좀 더 두고 봐야 알겠지만 일 하나는 기똥차게들 잘한단 말이야. 원래 이게 스트레스가 진짜 심한 일인데 저 인간들은 완전 작업장을 위해 태어난 인간들 같아."

채빈이 술병을 들어 세만의 잔에 따라주었다. 술을 받으며 세만이 말을 이었다.

"작업장 일이란 게 하다 보면 게을러질 수밖에 없어. 오토 대충 돌려도 어지간히 수익은 되니까 처음에는 열심히 해도 점점 나 몰라라 하게 되는 거지. 그러다가 망하는 거고."

"열심히 안 하면 안 되는 건 이것도 똑같네요."

"당연하지. 세상에 쉬운 돈벌이가 어디 있겠어. 캐릭터 어떻게 맞추고 어디다 박아놔야 제일 돈이 많이 되는지 매일 고민하고 조작하고 그거 또 관리하고……. 이게 그냥 오토 켜놓기만 하면 돈 되는 노다지인 줄 아는 인간들이 꽤 많아. 그래서 내가 너한테도 시작하기 전에 말했던 거야. 돈이 되긴 되지만 그만큼 노력이 필요하다고."

"아하."

"그런데 뭐……. 이대로만 가면 문제는 없겠어."

말을 마친 세만이 입안 가득 면발을 퍼넣었다. 맛있게 입을 우물거리는 세만을 지그시 바라보며 채빈은 가장 궁금했던 점을 물었다.

"이거 좀, 너무 속 보이는 질문 같아서 아직 못 여쭤봤는데요. 한 달에 수익이 얼마나 될까요?"

"매달 달라서 말하기가 어려워. 잘 벌 땐 하루에 70~80만 원까지도 벌어봤지. 템 하나 제대로 먹으면 끝이잖아."

"오호."

"최소로 계산을 해볼까? 그래, 한 캐릭 하루 종일 돌려서 하루에 5,000원 번다 치자. 캐릭 80명이라고 치면 하루 40만 원이지? 이걸 한 달로 계산하면 1,200만 원이고."

채빈이 입을 떡하니 벌렸다.

"최소인데도 돈이 꽤나 되네요?"

"근데 여기서 또 유지비 다 빼야지. 회선에 전기세에 가장 큰 건 아무래도 인건비지. 말 나온 김에 말인데 너, 저 사람들 월급은 얼마나 줄 생각이냐?"

"아, 그건……."

채빈이 말끝을 흐렸다.

프라이어들에게 월급을 줄 필요가 없기에 할 말을 생각해 두지도 않았었다. 사실 채빈이 작업장 사업을 시작할 때 가장 큰 용기가 되었던 것도 이 부분이었다. 인건비를 줄 필요가 없다!

"글쎄요, 얼마나 줄까요?"

"야, 네가 사장이잖아. 왜 그걸 나한테 물어?"

"형이 경험이 많잖아요."

"뭐 네가 알아서 해야지. 기본급 50에 성과에 따라서 주거나 아니면 고정급으로 돈 100만 원 주거나."

말을 마친 세만이 또 한 잔의 술을 벌컥 들이켰다.

그릇 안의 짜장면을 젓가락으로 뒤적거리면서 채빈이 넌지시 말을 건넸다.

"세만이 형 월급은 500만 원 정도 드리면 되나요?"

"…너 망하고 싶어서 환장했냐?"

"형 아니었으면 시작도 못했을 텐데 그 정도는 드려야 되는 거 아닌가."

500만 원이 무리라는 건 스스로도 느끼고 있었지만 그래도 채빈은 절반가량 진심이었다.

세만이 콧잔등을 찌푸리며 혀를 끌끌 찼다.

"재경 씨 가게에서 받는 알바비로 충분해. 난 돈 많이 필요 없어. 돈이라는 건 사람을 미치게 만들거든."

"형의 취미생활은요? 그쪽도 돈 꽤나 들지 않아요?"

"피규어도 여한없이 사 모았고 게임도 요즘은 날이 더워 집중이 안 된다. 올해 말까지 즐길 건 아직도 쌓였어. 됐으니까 신경 쓰지 말고, 정 마음 불편하면 저 일하는 사람들이랑 똑같은 수준으로 챙겨줘. 아니, 그냥 100만 원으로 해. 딱 좋아."

이제 세만과 알고 지낸 지도 꽤나 오랜 시간이 지났지만 아직도 채빈은 세만을 도통 이해할 수가 없었다. 그냥 100만 원으로 하라니, 누가 보면 미쳤다고 할 것이다.

요즘 세상에 이렇게까지 돈을 마다하는 별종이 어떻게 존재할 수 있는 것인지.

"세만이 형."

"또 뭐?"

"솔직히 또 궁금한 거 있는데요."

"뭔데."

"일부러 보려고 본 건 아니고요. 예전에 형 지갑에 있는 학생증을 봤는데 학교가……."

탁!

세만이 젓가락을 세차게 내려놓으며 채빈의 말을 중간에서 잘랐다.

흠칫 놀란 채빈이 허리를 폈다.

세만의 얼굴은 희희낙락 미소를 띠고 있었다.

"아, 잘 먹었다. 그릇은 네가 치울 거냐?"

세만은 대답을 기다리지도 않고 일어나서 담배를 물고 바깥으로 나갔다.

채빈은 멍하니 그의 뒷모습을 바라보다가 피식 웃음을 터뜨리며 뒤따라 일어섰다.

작업장 69

그래, 때가 되면 모두 자연스레 알게 될 것이다. 채빈은 상쾌한 기분으로 식기를 집어 들었다.

"우와아아아악!"
한 달이 지나고 일요일 저녁.
던전을 공략하고 작업장으로 찾아온 채빈은 세만이 정리한 매출 정산을 보고 그저 새된 비명을 뽑아낼 수밖에 없었다.

임대료를 비롯한 모든 유지비를 모두 제외하고도 남은 순수익이 무려 3,100만 원! 채빈은 다리에 힘이 풀리다 못해 한쪽 무릎을 풀썩 꺾고 말았다.

"요전에는 내가 너무 적게 잡았다. 저 사람들 엄청나. 템도 미친 듯이 먹는데? 앞으로는 한 달 평균 3,000만 원으로 잡으면 무리없겠다."

지금 이 순간에도 줄기차게 작업 중인 프라이어들을 바라보며 세만이 말하고 있었다. 프라이어들의 작업 능률은 경이롭다 못해 신이 들렸다고 할 만했다. 기업형 작업장 주인들이 봤다면 너도나도 달려와 거액의 돈을 제시하고 채갈 정도로, 엄청나게.

'이거…… 원금회수까지 2개월도 안 걸리겠는데.'
아니, 2개월이 다 뭐란 말인가. 프라이어의 인건비를 줄 필요가 없으니 이제 보름이면 원금은 충분히 회수하고도 남을 듯했다.

채빈은 입술을 부들부들 떨며 매출 정산을 몇 번이나 다시금 보고 또 보았다. 아무리 수입이 좋아도 이 정도까지일 거라고는 예상 못했다.

세만이 말했다.

"매달 300만 원 정도는 따로 스톡해 놔. 계정 값도 있고 캐시템도 이래저래 질러야 할 테니까."

"네, 네."

300만 원을 제외하고 세만의 월급 100만 원을 제외해도 2,700만 원이나 남는다. 채빈은 부들부들 떨며 자신의 작업장을 천천히 돌아보았다. 눈물이 나올 것 같아 얼굴을 잔뜩 구긴 채로.

'씨발, 나 성공했어! 성공했다고!'

사업장이라는 형태로 돈을 벌어들인 지금 상황이 예전보다 훨씬 실감이 났다. 채빈은 특별한 대상도 없이 세상을 향해 마음으로 소리쳤다.

나 이제 한 달에 3,000만 원 벌어들이는 남자야!

채빈은 한참을 더 세만과 대화하며 시간을 보내다 자정이 넘어 1명의 프라이어만 데리고 집으로 돌아왔다.

인터넷 방송을 끝낸 운디네는 창문을 열고 마법으로 집 안을 청소하고 있었다.

"웬일이니, 프라이어? 네가 오늘은 집엘 다 오고. 작업장의 그 '육.체.노.동'은 별로 힘든 게 아닌가봐?"

"하지 마, 운디네. 벌써 한 달이나 지났는데 앞으로 계획도 그렇고 논의 좀 해야지."

채빈이 이부자리에 벌러덩 드러누우며 말을 이었다.

"앞으로는 한동안 이 노선으로 가는 게 좋겠어. 실상 집값 모으는 일이 시급하기도 하고."

채빈과 두 정령은 그동안 던전도 꼬박꼬박 갔다. 가고일을 깨뜨릴 방도가 없는 칸체레 수도원을 제외한 독트로스 광산과 동부 지저성으로.

보상으로는 금덩이 하나도 나오는 일이 없었다. 하지만 코인만큼은 확실히 모아 1,162코인이나 되었다. 당장 개발할 수 있는 항목이 없었으므로 마왕성에 비축만 해두고 있었다.

운디네가 채빈의 팔에 묻은 먼지를 털어주며 물었다.

"한 달 수익이 얼마쯤 돼요, 주인님?"

"보자. 소스 팔아서 나오는 돈이 한 달에 1,300만 원, 네가 인터넷 방송으로 버는 게 평균 2,000만 원, 프라이어가 작업장 돌려서 버는 게 평균 3,000만 원······. 아무리 적어도 6,000만 원씩은 꼬박꼬박 벌겠네."

운디네가 슬쩍 프라이어를 흘겨보며 채빈에게 물었다.

"하지만 능률은 제가 더 높은 거죠?"

"무슨 말이야?"

"저는 혼자서 2,000만 원을 벌잖아요? 프라이어는 9명씩이나 되어서 겨우 3,000만 원이고요."

프라이어가 지지 않고 맞섰다.

"아니꼬우면 너도 홀리 이미지를 쓰든지. 이것 또한 나의 능력이다."

"흥, 그런 조잡한 분신이 무슨 능력이라고."

"운디네, 하지 좀 마! 그런 거 따지는 게 뭐가 중요해?"

운디네가 샐쭉하게 입을 내밀며 돌아앉았다.

다시 조용해진 틈을 타 이번엔 프라이어가 말을 건넸다.

"집값이 14억 2,000만 원이라고 하셨죠? 아직도 벌어들이려면 한참 시간이 필요하겠군요."

"그거야 그렇지……."

새삼스레 적은 액수가 아니라는 것을 채빈은 느꼈다. 한 달에 6,000만 원이라는 거금을 꼬박꼬박 벌어들인다고 해도 2년 가까이 부지런히 모아야만 하는 것이다.

채빈이 베개에 얼굴을 파묻고 푸념을 했다.

"와, 진짜 그 괴물만 뚫으면 될 텐데. 빌어먹을 속성반사! 진짜 많이도 안 바라고 딱 3서클까지만 마나를 얻으면 얼마나 좋을까. 소스만 왕창 만들어서 팔아도 집값은 진짜 금방

인데!"

채빈이 방바닥을 주먹으로 내려쳤다. 가고일의 속성반사를 뚫을 수 있는 묘책은 대체 어디에 숨어 있단 말인가.

대책이 없는 건 두 정령도 매한가지였다. 그들의 레벨은 어느덧 13이 되어 있었다. 레벨이 오르면서 마나의 양을 포함해 전반적인 능력치는 상당히 올라갔다.

하지만 새로이 생겨난 능력은 없었다. 속성반사를 돌파할 만한 능력을 정령들에게 기대하고 있었던 채빈은 속이 답답했다.

"너무 조급해하지 마십시오, 형님. 하루빨리 이 집을 구입하실 수 있도록 제가 전력을 다해 도와드리겠습니다."

"저도요, 주인님."

채빈이 베개에서 얼굴을 들고 두 정령을 번갈아 바라보았다. 가슴 한구석이 이상하게 욱신거렸다.

'하아······!'

아무리 자신이 주인이고 이들은 자신의 아래인 정령들이라고 해도, 조금 전 자신이 늘어놓은 푸념은 분명 실례였다.

이만큼 돈을 벌어들이게 된 것이 다 누구 덕인데 그걸 잊고.

"미안하다. 내가 잘못 말했어."

"무슨 말씀을 하십니까, 형님. 미안하다니요."

"미안하면 뽀뽀해 주세요, 주인님."

두 정령은 저마다의 방식으로 채빈을 위로했다. 한숨 끝에, 채빈의 입에서 피식 웃음이 터져 나왔다.

웃음은 점점 커져 집 창문을 뚫고 나가 깊은 밤의 세상을 쩌렁쩌렁 울렸다.

채빈은 편안한 마음으로 잠을 청하고 다음날 맑은 정신으로 일어났다.

8월의 쨍쨍한 햇살이 아침부터 대지에 작렬하고 있었다.

찬물로 샤워를 후딱 끝내고 옷을 입은 채빈은 컴퓨터 앞에 앉아 워드 프로그램을 실행시켰다.

재경에게는 아직 말하지 못하고 숨기고 있었던 자신의 꿈. 앞으로 오전의 여유 시간을 활용해 잠시 멈춰 두었던 자신의 꿈을 시작해 볼 생각이었다.

'어디다가 연재하지?'

채빈이 하려는 건 인터넷 소설 연재였다.

폭군 숙자의 눈을 피해 도서관에 틀어박혔을 때 가장 즐겨 술술 읽곤 했던 소설은 판타지였다.

그간 습작으로 쓴 소설도 더러 있었지만 다시 보니 도저히 연재할 정도의 수준이 아니어서 이참에 아예 새로 써볼 작정이었다.

'몬피아랑 주아라 둘 다 해야겠다. 장르는 흠… 이계 진입

하는 퓨전이 좋겠지!'

 간만에 타자를 두드리는 손가락이 더없이 가벼웠다.

 채빈은 머리를 쥐어짜 소설의 기반이 될 세계관을 비롯해 주요 인물들에 대한 설정을 짰다. 그런 다음 스토리의 전개 방식을 고심하기 시작했다.

 '머리가 굳었나. 어떻게 시작하지?'

 설정은 완료했지만 막상 스토리를 전개하려니 도통 생각이 나질 않았다.

 채빈은 끙끙거리며 바닥을 구르기도 하고, 한참을 쓴 글을 다시 싹 지우고 비명을 지르기도 하면서 생각에 골몰했다. 그러나 쉬이 진전은 없었다.

 그때였다.

 딩동!

 난데없이 현관의 초인종이 울렸다.

 딱히 찾아올 사람이 없는 집이기에 채빈은 화들짝 놀라서 일어섰다.

 "누구세요?"

 "실례합니다. 여기 학생 사는 집 맞죠?"

 되돌아오는 말이 조금 이상하게 들려왔다. 채빈은 문구멍을 통해 상대를 살폈다. 말쑥한 차림의 생소한 중년 남자였다.

'누구지?'

수상하다는 생각이 먼저 들었다. 채빈이 문을 열어주지 않고 재차 물었다.

"죄송하지만 무슨 일로 찾아오셨는지……?"

"으음, 말하자면 그게……."

문구멍 밖의 남자가 말을 잇지 못하고 우물쭈물했다. 더욱 수상한 느낌을 받은 채빈은 침을 꿀꺽 삼키고 있었다.

그런데 문득, 한 가지 과거의 기억이 주마등처럼 눈앞을 스쳐가는 것이었다.

"아아… 아저씨!"

채빈이 탄성과도 같은 말을 내뱉으며 그 즉시 문을 열었다.

문 앞에 서 있던 중년 남자가 멋쩍은 듯이 웃으며 채빈에게 물었다.

"그 동안 잘 지냈나?"

"네, 아저씨. 잘 지냈죠! 아저씨도 잘 지내셨어요?"

채빈이 진심으로 반가워 물었다.

중년 남자는 몇 개월 전 채빈이 사는 건물 2층에서 술에 취해 잠을 청했던 노숙자였던 것이다.

"나도 잘 지냈네. 그간 일이 나름대로 잘 풀렸어."

남자가 그렇게 말하지 않아도 채빈은 벌써 느끼고 있었다. 지저분한 몰골에 풍기는 악취는 온데간데없었다. 깔끔한 줄

무늬 와이셔츠에 주름없는 면바지를 입고 선 남자는 누가 봐도 평범하고 정상적인 사회인이었다.

"잠깐 들어오시겠어요?"

"아니야, 또 일하러 들어가 봐야 해. 자네에게 빚 갚으러 왔어."

남자가 주머니에서 하얀 돈 봉투를 꺼내 내밀었다.

"40만 원일세. 자네가 빌려준 돈에 이자까지 쳤어."

"아니, 이자는 농담이었는데……."

"나 그날 자네 만나고 생각 많이 했네. 한참 어린 자네한테 많이 배웠어. 역시 사람은 열심히 살아야 돼."

채빈은 숙연해져 입을 다물고 움직이지 않았다. 정말로 이자까지 더해서 돈을 갚으러 올 거라고는 솔직히 믿지 않았었다.

노숙자였던 남자의 사정이 가엾어 잃어버린 돈이라 여기고 주었을 뿐인데…….

남자가 채빈의 팔을 당겨 돈 봉투를 쥐어주며 물었다.

"통성명이나 하지. 나는 배도필이라고 하네. 자네는?"

"저는 이채빈이요."

"올해 몇 살인가?"

"스물입니다."

"좋을 때네. 자네는 잘될 사람이야."

도필이 뒤로 한 발을 떼며 말을 이었다.

"나 컴퓨터 수리점에 취업했네. 저기 사거리에, 주유소 왼쪽 길로 좀 내려가면 나오는 곳이니 오다가다 일 있으면 들르게. 자네 컴퓨터는 문제 생기면 무료로 봐줄 테니까."

"아, 거기 알아요. 로지컬 컴퓨터 맞나? 간판에 막 여자애들 그림 그려져 있고요."

"잘 아는군. 그래, 거기야."

"아는 형이 가끔 가더라고요. 나중에 꼭 들를게요."

"그럼 잘 있게, 좋은 하루 보내고."

"네. 조심히 가세요."

도필이 사라지고 현관문이 도로 닫혔다.

채빈은 닫힌 문 앞에 우두커니 선 채 두 손에 꼭 쥔 돈 봉투를 내려다보고 있었다. 2층에서 조용히 관망하고 있던 운디네가 쪼르르 달려와 채빈의 앞으로 얼굴을 쏙 내밀었다.

"깜짝이야!"

"역시 착한 일을 하면 그대로 돌아오는군요."

"…뭐?"

"후훗, 우리 주인님 멋쟁이."

운디네가 쪽 하고 채빈의 뺨에 입을 맞추더니 인터넷 방송을 하러 자기 위치로 돌아갔다. 채빈은 가만히 운디네가 한 말을 되뇌다가 활짝 웃으며 컴퓨터 앞으로 뛰어갔다.

'좋아! 떠올랐어!'

막혔던 소설 구상에 물꼬가 트이려 하고 있었다. 주인공은 팔목에 걸려 있는 팔찌, 시그너스 아머를 입은 도시의 영웅이었다.

무수한 글자들이 텅 비어 있던 화면 위로 빠르게 떠오르기 시작했다.

제3장

워너머니

이계
마왕성

8월의 무더운 정오.

"에이, 씨발! 거 더럽게 안 맞네!"

대머리 남자가 몸을 굽혀 다트를 주우며 욕설을 내질렀다. 그는 훌쩍 벗겨진 머리가 온통 빨개지도록 씩씩거리며 소파에 털썩 앉았다.

소파 옆의 책상 위에 '과장 고춘식'이라고 적힌 명패가 놓여 있었다. 명패에 쓰여진 대로 남자의 이름은 춘식이었다.

그리고 이곳은 대부업체 '워너머니'의 사무실이었다.

최근 춘식은 심기가 무척이나 불편했다. 일 년쯤 전에 들어온 직원 하나 때문이었다.

그 직원의 이름은 천기광.

춘식은 처음 만났을 때부터 기광이 마음에 들지 않았다.

입사하던 날, 키가 큰 기광은 허리를 숙이고 사무실로 들어오면서 '천장이 낮네.' 하고 중얼거렸다. 그때 춘식은 코앞에서 형광등을 갈고 있었다. 의자를 밟고 섰는데도 빠듯한 나머지 팔을 한껏 뻗고 낑낑거리면서.

사람이 싫다 보니 시간이 지나면서 춘식의 기억은 왜곡되기까지 했다.

춘식은 그때 기광이 자신을 보며 비웃었다고 생각하고 있었다.

실상 기광은 춘식을 힐끗 보고는 관심도 없이 바로 실장을 만나러 가버렸지만.

특별한 이유도 없이 태생부터 성향이 맞지 않는 사람이 있다.

춘식에게는 기광이 그런 사람이었다. 아니, 사실 그런 사소한 이유들뿐이라면 참을 수 있었을지도 모른다.

춘식이 정말로 기광을 미워하는 건 도통 자신의 명령을 제대로 따르지 않기 때문이었다.

몇 번이나 호통을 쳐야 마지못해 따르는가 하면, 아예 무시하는 경우도 많았다.

산전수전 다 겪고 겨우 자리를 잡아가는 자신 앞에서, 1년도 안 된 신출내기가, 건방지게!

'실장만 믿고 깝친다 이거지? 아주 나를 개호구새끼로 보는군!'

생각하다 보니 또 속이 펄펄 끓었다. 춘식은 꽉 쥔 제 주먹을 깨물며 으르렁거리다가 문간을 향해 소리쳤다.

"성제랑 민욱이 거기 있냐!"

"네, 과장님!"

대답과 함께 문이 열리며 옆 사무실에 있던 정장 차림의 사내 둘이 들어왔다. 춘식이 담배를 빼 물며 물었다.

"기광이는?"

"그게 저……."

성제가 말을 잇지 못하고 머뭇거렸다.

"뭐야? 뜸 들이지 말고 말해 봐."

"자고 있습니다. 응접실에서……."

민욱이 대신 고개를 조아리고 대답했다. 춘식의 손가락 사이에 끼워져 있던 담배가 두 동강이 났다.

"회사 일을 개똥으로 알아! 깨워! 당장 깨워서 이리 튀어오라고 해!"

"네, 네!"

성제와 민욱이 허겁지겁 자리를 떴다. 춘식은 거울 앞에 서서 왜소한 몸을 부풀어 보이도록 힘을 주며 심호흡을 했다.

'망할 놈의 새끼, 오늘부터는 기어오르면 각오해라.'

잠시 후 노크도 없이 문이 열렸다.

부르셨습니까, 과장님."

190㎝에 가까운 큰 키의 젊은 사내가 들어왔다. 둔해 보이지 않을 정도의 보기 좋은 건장한 체격, 짧은 머리에 매처럼 날카로운 눈매, 모든 것이 하나로 합쳐져 강렬한 인상을 뿜어내는 남자. 천기광이었다.

춘식이 소파에 앉아 거만하게 다리를 꼬고 말했다.

"이리 와서 좀 앉아 봐."

"……."

기광이 말없이 다가와 맞은편 소파에 앉았다. 춘식은 못마땅한 눈빛으로 기광을 흘겨보며 던지듯이 물었다.

"이명애 알지?"

"모르겠는데요."

기광이 무표정한 얼굴로 덤덤하게 대꾸했다.

춘식은 양 관자놀이의 혈관이 펄떡펄떡 뛰는 걸 억누르며 최대한 침착하게 말을 이었다.

"왜, 알잖아? 병원에 내내 입원해 있다가 요전에 퇴원한 할망구. 마차로 붕어빵 장사하는 딸년 하나 있고."

"으음……."

기광은 여전히 모르겠다는 얼굴로 고개를 갸웃거리고 있었다.

춘식은 컵을 들어 타는 목 너머로 물을 벌컥벌컥 들이켜고는 말을 이었다.

"아무튼! 요즘 돈을 꼬박꼬박 갚는 거 보니 어디 돈 나올 구멍이 생긴 것 같아. 한동안 신경 안 쓴 사이에 딸년이 뭐 일이라도 벌였나 본데."

"……."

"왜 꿀 먹은 벙어리처럼 앉아 있어? 내 말 못 들었어?"

"들었습니다. 그래서요?"

"뭐? 그래서요?"

춘식이 주먹으로 탁자를 쾅, 하고 내려쳤다.

기광은 한 점의 표정 변화도 없이 가만히 있었다.

파리 한 마리가 눈앞으로 나타났어도 이보다는 반응이 컸을 것이다.

"당장 가 봐! 가서 돈 나올 구멍이 뭔지 알아보라고!"

"그래야 합니까?"

"뭐?"

춘식의 얼굴이 새빨갛게 물들어가고 있었다.

손목에 찬 시계를 고쳐 차면서 기광이 말을 이었다.

"실장님께 보고는 드렸습니까?"

실장이라는 단어가 춘식을 울컥하게 만들었다. 춘식은 자리를 박차고 일어나 소파를 힘껏 걷어차며 고함을 내질렀다.

"이 새끼야! 하라면 하지 주제넘게 뭔 개소리야! 실장한테까지 갈 필요 없고 내 권한으로 명령하는 거야! 당장 가서 알아봐!"

"요즘 보는 눈도 있고 꽤 시끄럽습니다. 그리고 돈을 꾸준히 갚는데 뭣 때문에 조사를 합니까?"

"이이이… 이 새끼가!"

춘식이 잇몸에서 피가 나올 정도로 이를 악물었다. 기광은 태연자약한 얼굴 그대로 자리에서 몸을 일으키고 있었다.

"우선 실장님께 보고를 올린 다음에 말씀해 주시죠. 그러면 군말없이 가겠습니다."

"그런 건 내가 신경 쓸 문제라고! 너 같은 말단 새끼는 닥치고 시키는 대로 하면 되는 거야!"

춘식이 방방 뛰며 악을 썼다. 그러나 기광은 닥치지도, 시키는 대로 따르지도 않았다. 태산처럼 우뚝 선 채로 왜소한 춘식의 얼굴을 가만히 내려다볼 뿐이었다.

"이 새끼가! 뭐야 그 눈은?! 눈 안 깔아!"

춘식이 침을 튀기며 힘껏 뺨을 날렸다. 기광은 살짝 얼굴을 뒤로 젖히며 손을 피했다.

"감히 네가 피해!"

머리끝까지 열이 차오른 춘식이 소파를 밟고 폴짝 뛰어오르며 뺨을 날렸다. 그러나 이번에도 겨우 손끝만 기광의 턱을 아슬아슬 스쳤을 뿐이었다.

"끄으으……!"

볼썽사납게 기광의 등 뒤로 착지한 춘식은 자세를 추스르며 가쁜 숨을 헐떡였다. 기광의 뺨을 치지 못한 무안함과 분노로 치를 떨면서.

"허억! 허억! 천기광이 너 이 새끼……!"

기광의 눈빛은 여전히 한 점의 동요조차 없었다.

그 흔들림 없는 눈빛을 마주하는 것만으로도 춘식은 심한 모욕감을 느끼고 있었다.

저 안에 담겨져 있는 조롱의 마음이 춘식에게는 훤히 보이는 듯했다.

"실장이 살갑게 챙겨주시니까 눈에 뵈는 게 없냐? 실장 믿고 깝쳐?"

"그런 거 아닙니다, 과장님. 더 볼일없으시면 먼저 점심 먹으러 가겠습니다."

기광이 문 쪽으로 돌아섰다. 춘식이 구석에 놓인 골프채를 뽑아 드는 것을 보고 성제와 민욱이 뛰어와 붙들어 말렸다.

"과장님, 참으세요!"

"이거 놔, 이 새끼들아! 아오, 저 망할 놈의 새끼! 내가 오늘

아작을 내버린다! 야, 천기광! 너 거기 안 서?! 이 새끼야! 멍청하게 힘만 센 놈이! 이리 안 와! 에이, 씨발!"

춘식은 성제와 민욱에게 붙잡힌 채로 한참을 더 버둥거렸다.

그리고 나서는 애꿎은 화분들을 모조리 집어던져 깨뜨리며 화풀이를 해댔다.

성제와 민욱은 더는 말릴 생각도 못하고 구석으로 몸을 피하고 서 있었다.

"후우우……!"

한참을 난리를 피운 춘식이 비로소 얼마간 안정을 되찾고 소파에 앉았다.

성제와 민욱은 눈치 빠르게 에어컨을 작동시키고 커피 한 잔을 타다가 춘식에게 내밀었다.

"기광이 새끼는 놔두고 일단 너희들이 가 봐. 아까 내가 한 말 전부 들었지?"

"네, 과장님."

"한 번 딸년을 제대로 조사해 봐. 아무래도 그쪽이 수상하단 말이야. 이름이 하재경이었나. 여하튼 뽑아낼 수 있을 때 확실히 뽑아내야지. 그게 사업이라고. 줘도 못 먹는 건 병신이야. 알아들어?"

"물론입니다, 과장님."

"나가 봐. 실장한텐 아직 말하지 말고."

성제와 민욱이 서류를 들고 공손히 인사한 다음 사무실을 나섰다.

난장판이 된 사무실에 홀로 남은 춘식은 텅 빈 허공 위로 기광의 유들유들한 얼굴을 떠올리며 이를 빠드득 갈고 있었다.

한편.

한 발 먼저 나선 기광은 춘식의 사무실이 있는 건물 상층을 올려다보고 있었다.

머리 위로 치닫고 있는 햇살 아래서 기광은 살포시 미간을 일그러뜨렸다.

'더러운 새끼.'

기광이 시선을 거두고 돌아섰다. 그는 고개를 푹 숙인 채 시장가를 향해 느릿느릿 걸음을 내딛었다. 역시 길을 잘못 든 것일까. 오늘도 발걸음은 무겁기만 했다.

기광이 골목을 벗어나 삼거리로 접어들었을 때였다.

한 중형차가 모퉁이를 갓 돌아 들어오고 있었다.

운전자는 중년의 여자였다. 그녀는 전방이 아닌 조수석의 쇼핑백을 바라보며 즐거운 듯이 깔깔거리는 중이었다.

바로 코앞을 지나가고 있는 기광의 존재에 대해서는 안중에도 없었다.

콰아앙!

"꺄아아아아악!"

기광을 차로 치고 나서야 여자가 전방으로 얼굴을 향하며 새된 비명을 뽑아냈다. 그녀는 당황한 나머지 브레이크가 아니라 엑셀을 냅다 밟아대기 시작했다.

부르르르르릉!

"꺄아아아악! 꺄아아아악! 꺄아아아아아악!"

여자가 엑셀을 힘껏 밟은 채로 계속해서 비명을 질러댔다.

차가 앞으로 나가면서 범퍼에 치인 기광도 함께 사정없이 밀려 나가고 있었다.

바로 그때였다.

쿠우웅!

돌연 여자의 차가 멈춰 섰다.

여자는 여전히 엑셀에서 발을 떼지도 않았고 비명만 질러대고 있었다. 그런데도 거짓말처럼 차가 멈춰선 것이었다.

그리고 보닛 위로 거대한 그림자가 쓱 올라왔다.

와장창창!

"꺄아아아악!"

기광의 큼지막한 주먹이 전면 유리를 한 방에 작살냈다. 다른 한 손은 아래로 내려가 차의 앞 범퍼를 붙잡고 있었다. 그 손의 힘 하나만으로 자동차의 전진을 막아내고 있는 것이 아닌가.

"브레이크!"

깨진 유리 너머로 기광이 소리쳐 여자에게 말했다.

"브레이크 밟으라고!"

"꺄아아악! 꺄아아아악!"

부우우우우웅!

여자는 혼비백산하여 기광의 말을 듣지 않았다.

제 머리를 뒤헝클며 미친 사람처럼 엑셀만 주구장창 밟아대고 있는 것이었다.

번뜩!

기광이 두 눈을 가늘게 떴다.

전면 유리를 작살낸 그의 강력한 주먹이 이번엔 보닛 한가운데로 힘차게 떨어져 내렸다.

콰아앙!

"꺄아아악!"

바위로 내려찍은 것처럼 보닛이 움푹 꺼져들었다.

기광은 멈추지 않고 계속해서 보닛 곳곳에 철퇴 같은 주먹을 내리꽂았다.

쾅, 쾅, 쾅, 쾅!

윤이 좌르르 흐르던 말끔한 보닛이 순식간에 곰보가 되어가고 있었다.

끼이이이익!

"히, 히이익!"

계속되는 굉음에 비로소 여자가 뒤늦게나마 정신을 차리고 브레이크를 밟았다. 차가 멈췄지만 여자는 내리지 않았다. 오히려 문을 잠그고는 허둥지둥 핸드폰을 꺼내 들었다.

"아우으……! 보, 보험회사… 우우우우……!"

자신이 차로 친 기광의 상태가 어떨지에 대해서는 안중에도 없는 모습이었다.

그러나 여자는 손가락이 하도 떨려 번호 하나 제대로 누르지도 못하고 있었다.

'이런 망할……!'

기광이 가만히 여자를 쳐다보더니 범퍼 쪽에서 빠져나와 측면으로 돌아섰다. 그리고 그대로 발을 내질러 앞바퀴를 걷어찼다.

퍼억!

쉬이이익!

"히이익!"

발길질 한 번에 펑크가 난 바퀴에서 바람이 쑥 빠져나갔다. 여자가 핸드폰을 손에서 떨어뜨리며 목젖이 들여다보이도록 입을 쫙 벌렸다.

"괴… 괴물이야!"

기광은 여자의 비명에 아랑곳하지 않고 나머지 바퀴를 하나씩 걷어차 확실하게 터뜨렸다.

퍼억! 쉬이익…….

퍼억! 쉬이익…….

퍼억! 쉬이익…….

순식간에 자동차 바퀴 4개가 모조리 펑크가 나면서 움푹 꺼져들었다.

"무, 무슨 일이래?"

"내가 처음부터 봤는데 저 여자가 차로 치었어. 꽤나 세게 들이받혔는데 저 남자는 멀쩡하네."

"아니, 그건 됐고 지금 뭐한 거야? 설마 발로 차서 타이어를 다 빵꾸를 내버린 거야?"

어느새 주위엔 구경꾼들이 가득 모여 있었다.

하나같이 기광의 괴력과 차에 치이고도 멀쩡한 모습에 할 말을 잃은 얼굴들이었다.

"면허증."

바퀴 4개를 모조리 터뜨린 기광이 보닛 앞에서 여자에게 손을 쑥 내밀며 말했다.

여자는 고개를 숙인 채 닭똥 같은 눈물만 뚝뚝 떨어뜨리고 있었다.

"면허증."

기광이 재차 말했다.

여자가 당장에라도 기절할 것 같은 얼굴이 되어서는 가방에서 지갑을 꺼냈다.

손이 하도 떨려 지갑을 풀지도 못했다.

기광이 지갑을 빼앗아 들고 거기서 면허증을 꺼내 들었다.

"김 가네. 이거 봐, 김 여사님. 엑셀이랑 브레이크도 구분 못하는 인간이 무슨 운전이야."

기광이 그렇게 말하며 여자의 눈앞에서 한 손으로 면허증을 잡고 반으로 접어 부러뜨렸다. 그리고 끝이 아니었다.

연달아 또 한 번 접고, 다시 또 한 번 접고, 또 한 번… 고작 세 손가락으로 무려 5번을 접었다.

"으흐흐흑……!"

여자는 위아래 이를 딱딱 맞부딪치며 벌벌 떨고 있었다.

구겨진 면허증을 여자의 무릎 위로 떨어뜨리며 기광이 속삭이듯 말했다.

"한 번만 더 눈에 밟혀 봐. 아줌마를 이렇게 접어버릴 테니까."

"으흐흐흑……! 으흑!"

이제 여자는 당장에라도 오줌을 지릴 것처럼 겁에 질려 있었다.

기광이 몸을 펴고 돌아섰다. 범퍼에 부딪친 허벅지가 약간 욱신거렸을 뿐 다친 곳은 없었다.

'힘썼더니 배고프네.'

햇살이 유난히 눈부셨다.

기광은 선글라스를 꺼내 쓰고 식당을 향해 걷기 시작했다. 폐차 직전으로 부서진 차 안에서 여자는 아직도 제정신을 차리지 못하고 있었다.

"세만이형, 여기요!"

채빈이 돗자리를 깔다 말고 손을 들며 소리쳐 불렀다.

탈의실에서 나온 트렁크 수영복 차림의 세만이 부끄러운 듯 자기 몸을 끌어안은 채 고개를 숙이며 걸어왔다.

"왜 그래요?"

"쪽팔리잖아."

한껏 더위가 치솟은 평일의 하루.

채빈의 주도로 오늘만큼은 하루 일을 쉬기로 하고 수영장에 놀러온 참이었다.

"수영장은 별로일 줄 알았는데 생각보다 좋은데요."

채빈이 북적거리는 주위를 돌아보며 말했다. 처음에 물놀이를 떠올리며 바로 생각했던 건 바다였다. 그렇지만 이런저런 서울 근교의 야외 수영장으로 혼자서 타협을 봤던 건데, 막상 와 보니 전혀 나쁘지 않았다.

사실 채빈의 마음 같아서는 2박 3일 정도로 여행이라도 가고 싶었지만 꾹 참았다.

재경 때문이었다. 집안 사정 때문에 한 푼이라도 더 벌고 싶은 재경을 이해하고 당일치기 수영장으로 마음을 바꾼 것이었다.

"뭐가 창피해요. 형 정도면 아주 보기 좋아요."

"장난하냐? 참나, 나오는 대로 말하기는. 자기는 몸 좋다 이거지."

"제가 좋긴 뭘 좋아요."

세만이 아니꼬운 시선으로 채빈을 머리 위에서 발끝까지 훑어보고 있었다.

채빈의 몸은 물이 오른 근육으로 보기 좋게 탄탄했다. 호리호리한 체격이어서 평소에 옷을 입고 있었을 때는 몰랐던 부분이었다.

"야, 너 무슨 운동해? 이건 헬스로 만든 몸은 아닌데."

세만이 채빈의 몸 여기저기를 만져 보며 물었다. 채빈은 간지럽다는 듯이 킥킥거리며 뒤로 몸을 뺐다.

"그냥 집에서 팔굽혀펴기랑 윗몸일으키기 같은 거 해요."

매일처럼 마왕성에 들어가 무공 수련을 한 결과라고 말할 수 있을 턱이 없었다. 세만이 채빈의 등을 찰싹 때렸다.

"아야!"

"뻥치지 마! 그 정도 운동해서 어떻게 이런 몸을 만들어!"

"진짜라니까요."

"말을 말자. 근데 재경 씨는 왜 이렇게 오래 걸리냐. 수영복을 만들어 입고 오나⋯⋯. 우왓!"

여자탈의실 쪽을 돌아본 세만이 목젖이 보일 정도로 입을 크게 벌렸다. 채빈의 시선도 자연스레 그곳을 따라 옮겨갔다. 화려한 비키니를 입은 금발의 백인 여성들이 영어로 대화를 나누며 지나가고 있었다.

"굉장하군! 3D라고 무조건 무시할 게 아니었어! 봤냐? 사테라이자랑 싱크로율 120퍼였다고!"

"목소리 좀 낮춰요, 형. 사람들 다 들어요."

"이러고 있을 때가 아니지. 난 여기저기 구경 좀 하다가 와야겠다. 채빈이 넌 여기 좀 있어라. 재경 씨 나오는 거 좀 보고 있어."

"세만이 형! 어디 가요! 세만이 형!"

세만이 채빈의 부름을 무시하고 백인 여성들이 향한 대형 풀장을 향해 뛰어갔다.

금세 그의 모습이 인파 속에 섞여 사라지고 돗자리엔 채빈 혼자만 덩그러니 남았다.

"아, 더워⋯⋯."

작렬하는 햇살이 살갗을 태워버릴 듯했다. 한시라도 빨리 차가운 물속에 풍덩 몸을 던져 넣고 싶었다. 채빈은 그늘진 쪽으로 머리를 향해 드러누워 재경을 기다렸다.

"미안."

깜박 졸음이 올 무렵 지척에서 목소리가 울렸다.

채빈이 감았던 눈을 번쩍 떴다. 도트무늬 비키니 차림의 재경이 배꼽 위에 두 손을 포개고 서 있었다.

"좀 늦었지? 수영복 끈이 풀어져서 고쳐 묶느라고……."

재경이 혀를 쏙 내밀며 웃어 보였다.

새하얗고 탱탱한 살결, 늘씬하게 쭉 뻗은 팔다리에서부터 완벽에 가까운 몸매가 역광에 의해 한층 또렷하게 채빈의 시야에 파고들고 있었다.

"와, 누나… 어, 엄청나게……."

채빈은 말이 나오지 않았다. 평소처럼 과장되게 너스레를 떨며 칭찬을 해야 하는데, 가슴이 하도 떨리고 감격스럽기 그지없어서 혀가 마음대로 움직이질 않는 것이었다.

재경의 말만이 오로지 귓가를 맴돌고 있었다. 수영복 끈이 풀어져서 고쳐 묶었다고? 저 팬티의 양 옆부분을 위태롭게 잇고 있는 두 줄의 알량한 끈을 말하는 건가? 어떻게 이런 위험천만한 수영복을 태연하게 입을 수가 있는 거지?

"휴, 덥다. 오늘 날씨 진짜 찐다. 그치?"

재경이 채빈의 옆자리에 털썩 주저앉았다. 풍만한 가슴이 찰나의 간격에 흔들렸다가 한 박자 늦은 반응으로 제자리를 되찾고 있었다. 채빈은 그만 태양보다 더운 숨을 혹, 내뱉고 말았다.

"세만 씨는?"

재경이 양 무릎을 세워 앉으며 물었다. 채빈은 여전히 예상외로 대담한 재경의 차림에 얼이 빠져 있어 재경의 목소리를 듣지 못했다.

"채빈아? 뭐해?"

"어? 어, 아니. 뭐 말했어?"

"세만 씨 어디 갔냐구."

"아, 세만이 형 저쪽 대형 풀장 갔어. 좋아하는 캐릭터랑 닮은 여자가 있다고."

"훗, 세만 씨답다. 우리도 들어갈까? 아, 그전에!"

재경이 손바닥을 탁 치고는 가져온 가방의 지퍼를 끌렀다. 가방 속에서 그녀가 꺼내든 건 선크림이었다.

"자, 먼저 발라."

재경이 뚜껑을 따서 채빈에게 선크림을 건네주었다. 채빈은 그것을 받아 팔다리와 얼굴이 하얘지도록 선크림을 발랐다.

"이 정도 바르면 되지?"

"등도 발라야지."

"등은 뭐, 괜찮은데."

"발라 줄게. 이리 돌아 봐."

재경이 채빈의 어깨를 붙잡고 돌려 앉혔다. 채빈은 기묘한 긴장감에 휩싸인 채 마른 목으로 침을 삼켰다. 재경은 손바닥 가득 선크림을 덜어 채빈의 너른 등에 발라주며 말을 이었다.

"몸 좋네? 운동하는구나?"

"그냥 뭐……."

재경의 부드러운 손바닥이 목덜미에서부터 등골을 타고 쉴 새 없이 움직이고 있었다.

채빈은 정신이 아득해져 고개를 앞으로 떨어뜨렸다. 숨이 자꾸만 거칠어져서 곤란하기 짝이 없다고 생각하면서.

"자, 다 됐어."

재경이 채빈의 등을 가볍게 때리며 웃었다. 채빈은 '나도 누나 등에 발라줄게' 라고 하려다 입을 다물고 말았다.

재경은 자기 혼자 쓱쓱 선크림을 바르고는 스프링처럼 몸을 튕기며 일어섰다.

"뭐해? 안 놀아?"

재경이 손을 쑥 내밀었다.

채빈이 주섬주섬 그 손을 잡고 자리에서 일어났다. 그리고 한껏 신이 난 재경의 손에 이끌려 풀장으로 몸을 던졌다.

풍덩!

"꺄악! 차가워!"

"하하히하!"

사위를 휘감고 있었던 한여름의 찐득한 기운이 물에 몸을 담그자마자 사라졌다. 한가득 밀려드는 청량함을 만끽하며 채빈과 재경은 한껏 물을 첨벙거렸다.

한동안 놀다가 채빈이 튜브를 빌려 왔다. 수영을 할 줄 모르는 재경을 위한 배려였다. 채빈은 재경이 올라탄 튜브를 밀면서 수심이 깊은 쪽으로 발을 차며 헤엄쳐 갔다.

"그만 가. 무섭단 말이야."

"뭐가 무서워. 꽉 잡아! 어어어, 기울어진다!"

"꺅! 하지 마! 하지 마!"

시간의 흐름을 가늠할 수 없었다.

당일치기로나마 하루 놀기를 실행한 건 정말 잘한 일이었다. 서로 말은 하지 않았지만 채빈과 재경 모두 느끼고 있었다. 구름 한 점 없이 파란 하늘이 너무 예뻤다.

"좀 쉬자. 죽겠다."

두어 시간을 정신없이 놀다가 지쳐서 자리로 돌아왔다. 그때까지도 세만은 나타날 줄을 모르고 있었다. 두 사람은 흠뻑 젖은 채로 나란히 주저앉아 가쁜 숨을 몰아쉬었다.

"수건이 없네."

"내가 가져올까?"

"됐어. 금방 마를 텐데 뭘."

재경이 손사래를 치며 말렸다. 살갗 위로 맑은 물이 방울져 흘러내리고 있었다. 채빈은 재경이 숨을 쉴 때마다 부풀어 오르는 가슴이 신경 쓰인 나머지 뒤로 몸을 눕히고 눈을 감아버렸다.

"오니까 참 좋다, 채빈아. 데려와 줘서 고마워."

재경이 등 뒤로 팔을 뻗어 바닥을 짚고 몸을 한껏 젖히며 말했다. 채빈이 코끝을 긁으며 어눌하게 대꾸했다.

"뭔 소리래. 입장료도 각자 냈는데."

"돈 버는 게 아무리 좋아도 역시 노는 게 최고야. 이런 기분 얼마 만인지 모르겠다."

"앞으론 계속 즐기면서 살면 돼."

재경이 자세 그대로 고개만 뒤로 돌려 채빈을 바라보았다.

"그럴 수 있을까?"

"당연하지."

재경의 입가에 싱긋 미소가 번졌다. 그러더니 두 눈을 위로 치켜뜨며 고개를 갸웃거리고는 불쑥 다른 말을 꺼냈다.

"요전에 가게 콘센트 고쳐줄 때부터였나?"

"뜬금없이 또 뭔 소리야? 콘센트 얘기가 왜 나와?"

"그냥… 부쩍 남자 티가 나는 것 같아."

"누가? 내가?"

"너 말고 여기 또 누가 있니?"

재경이 채빈의 이마에 꿀밤을 놓는 시늉을 했다.

불현듯 채빈은 가슴이 두근거렸다. 한편으로는 궁금했다. 역시, 남자로 보이지 않으니까 이런 말도 가볍게 던질 수 있는 걸까. 언젠가 분수대에서 무릎을 베고 누웠을 때처럼.

"머리 좀 다시 묶어야겠다."

재경이 수영모를 벗더니 입에 고무줄을 물고 젖은 머리칼을 하나로 모아 치켜 올렸다. 드러난 목덜미가 황홀할 정도로 아름다웠다. 채빈의 시선은 홀린 듯이 목 언저리의 쇄골에 고정되어 있었다.

"뭘 그렇게 보냐?"

"우왓!"

예고도 없이 세만이 나타났다. 자기 입에 하나, 양손에 또 하나씩 총 3개의 아이스크림을 들고서.

"세만 씨는 도대체 어딜 갔다 이제 와요?"

"던전 조사 좀 했습니다. 멋진 던전이군요. 좀 놀았어요?"

재경이 아이스크림을 건네받으며 고개를 끄덕였다.

"여태까지 튜브 타고 실컷 놀았어요. 이제 좀 쉬려고요."

"워터 슬라이드도 탔겠죠?"

"아니요, 그건 좀 무서워서……. 너무 높아요."

"뭐라고요? 허!"

세만이 두 손바닥을 치켜들며 어이없다는 얼굴을 했다.

"수영장의 꽃이 워터 슬라이드인데 그걸 안 타다니! 지금 당장 갑시다! 이채빈, 어때?"

세만이 물어볼 것도 없었다. 이미 채빈은 씩 웃으며 자리를 털고 일어서는 중이었다.

"저야 좋죠. 누나, 가자."

"아, 아니! 난 진짜 됐으니까 둘이 다녀와!"

"바이킹도 아니고 뭐가 무서워? 빨리 가자니까!"

"너무 높단 말이야! 나 고소공포증 있어!"

"허, 이 반동분자는 힘으로 끌고 갈 수밖에 없겠군."

"이거 놔요, 세만 씨! 채빈이 너까지!"

두 남자가 재경의 팔을 각각 붙잡고 억지로 잡아끌었다. 재경은 울상이 되어 버둥거렸지만 하등 소용이 없었다.

"으으윽……!"

출발선에 우뚝 선 재경이 구부린 양 무릎을 바들바들 떨고 있었다.

등 뒤에는 세만이 서 있고, 까마득히 아래에 위치한 슬라이드 끝에는 채빈이 손을 흔들며 서 있었다. 피할 구멍은 전혀 없는 것이다.

"빨리 내려와! 순식간이야!"

"자, 잠깐만… 마음의 준비 좀……."

재경이 한껏 심호흡을 했다. 그리고는 조심조심, 두 손을 교차해 양팔을 껴안은 채 슬라이드 위에 걸터앉았다.

"잠깐만요. 자세가 좀 불안한데… 조금만 옆… 꺄악!"
촤아악!
자세를 고치다가 엉덩이가 쭉 미끄러졌다.
비명과 함께 거친 물보라가 양 갈래로 튀어 올랐다. 본인이 느끼기엔 빛과 같은 속도로 재경의 몸이 미끄러져 내려가고 있었다.
"꺄아아아아아아아아……!"
풍덩!
슬라이드 전체 길이보다 길었던 비명이 물속으로 삼켜졌다.
채빈이 허우적거리는 재경에게로 낄낄거리며 다가갔다. 재경이 물을 튀기며 혼비백산한 얼굴을 치켜들고 있었다.
바로 그 순간이었다.
'으악!'
코앞까지 다가간 채빈의 얼굴이 그녀보다도 새하얗게 질려버리고 말았다.
"누나, 몸 숙여!"
"어?"
재경이 의식하기보다 한 발 앞서 채빈이 그녀의 양 어깨를 붙잡고 물속으로 눌렀다.
한껏 확대된 두 눈으로는 어딘가로 표류하고 있을 비키니

상의를 찾으면서.

"아, 아아……!"

뒤늦게 상체의 허전함을 느끼고 사태를 파악한 재경이 몸을 한껏 움츠렸다.

한없이 맑아서 좋았던 물이 지금처럼 원망스러울 때가 없었다.

발가락에 바른 분홍색 매니큐어까지 선명하게 보일 정도였다.

"좀만 참아, 누나. 괜찮아. 주위에 아무도 없었어."

채빈이 재경의 몸을 껴안듯이 가리고 주위의 접근을 눈으로 막았다. 그러는 사이에 세만이 표류하던 상의를 잡아 물속으로 끌면서 다가왔다.

"여, 여기 있습니다."

"…고마워요."

채빈과 세만이 앞뒤로 재경을 막았다. 그 사이에서 재경은 한껏 얼굴이 달아오른 채 주섬주섬 벗겨진 상의를 도로 입었다.

"죄송합니다. 괜히 타자고 해서……."

세만이 고개를 숙인 채 이마를 긁적이며 말했다.

재경이 살며시 일어서며 대답했다.

"아니에요. 저는 그럼 이만……. 피곤해서 먼저 나가 있을

게요. 차에 있을 테니까 신경 쓰지 마시고 천천히 놀다 와요."

"재, 재경 씨······."

재경이 고개를 푹 숙인 채 풀장을 벗어났다. 여전히 활기찬 수영장 한가운데에서 채빈과 세만은 긴 한숨을 쉬었다. 무겁게 가라앉은 공기가 두 사람만을 짓누르고 있었다.

"그만 갈까요?"

"그럴까. 놀만큼 놀았고."

이런 기분으로 더 놀 수가 없었다. 채빈과 세만은 후딱 샤워를 하고 옷을 갈아입은 다음 수영장을 나섰다.

돌아오는 차 안에는 정적만이 흘렀다.

조수석의 재경도, 뒷좌석의 채빈도 서로 반대 방향의 창밖을 보고만 있을 뿐이었다. 어색함을 견디다 못한 세만이 라디오를 켰다.

―···다음 노래를 들려 드리겠습니다. '가슴아, 그만해'.

DJ의 말이 나오자마자 재경의 양 뺨이 붉게 물들었다.

눈치를 챈 세만이 화들짝 라디오의 채널을 바꾸며 혼잣말을 하듯 툴툴거렸다.

"날도 더운데 구질구질한 노래가 나오네. 아, 에세이 채널이나 들읍시다."

딸깍!

―머리보다 가슴이 먼저 느끼는 것이 사랑입니다. 가슴으로 느끼는 사랑. 이 얼마나 멋진 말인가요. 우리들은 가슴으로 먼저 상대에게 다가가는 법을 배워야 합니다. 이해타산을 떠나 가슴 가득히 벅차오르는 이……

"뭐 이렇게 주제가 시답잖아? 날도 더워 죽겠는데 신나는 얘기나 좀 할 것이지."

세만이 짐짓 성이 난 듯 중얼거리며 다시 채널을 바꿨다.

딸각!

―다음 들으실 곡은 '가슴소리'.

딸각!

―신곡이죠. '가슴에 살아'.

딸각!

―시간이 지나도 좋은 곡입니다. '사랑은 가슴이 시킨다'.

"빌어먹을! 왜 이렇게 음질이 다 구리지? 에이, 듣지 맙시다."

몇 번이고 채널을 돌린 끝에 세만이 라디오를 꺼버렸다.

다시 시작된 정적 속에서 세만의 얼굴은 지독한 낭패감으로 젖어들고 있었다.

끼이익.

침묵 속에서 차가 재경의 가게 앞에 도착했다. 다급히 내려서는 재경을 따라 세만과 채빈도 차에서 내렸다.

"오늘 즐거웠어요. 저는 피곤해서 먼저 들어갈게요."

"아, 저기……."

재경이 더 듣지도 않고 돌아서서 뛰기 시작했다.

집 쪽으로 멀어져 가는 재경을 바라보며 채빈이 중얼거렸다.

"형, 이 일을 어쩌요."

"어쩌긴 뭘 어째. 사람이 살다 보면 그럴 수도 있지. 며칠 지나면 괜찮아질 거야."

"그래도 여잔데……."

"신경 쓰이면 좀 쫓아가 봐. 난 작업장에 가 있을게."

"에이, 됐어요. 제가 가봤자 뭘……."

채빈이 말끝을 흐리며 세만의 뒤를 따랐다. 충계를 밟아 지하 작업장으로 내려가는 내내 두 눈은 재경이 사라진 방향을 향하고 있었다.

그와 같은 시각.

"여보세요, 춘식 과장님. 민욱입니다."

워너머니의 성제와 민욱은 혼자 집으로 향하는 재경의 뒤를 쫓으며 춘식에게 전화를 걸고 있었다.

"알고 보니 엄청 짭짤하던데요. 아우랑 빌딩 아시죠? 사거리 주유소 뒤에……. 네네, 거기 유명한 붕어빵 있잖습니까.

그게 이 하재경이란 여자 거였어요. 아, 네. 알겠습니다. 그럼 잡아두고 있겠습니다."

전화를 끊은 민욱이 눈짓을 했다. 성제가 셔츠의 소매를 걷어붙이며 걸음을 재촉해 재경을 쫓아갔다.

"실례합니다."

성제가 재경의 앞을 가로막았다.

재경이 흠칫 놀라 그 자리에 멈춰 섰다.

"…누구시죠?"

그러나 물은 순간 대답은 필요하지 않았다. 눈앞의 남자는 재경의 기억에 선명하게 남아 있었다. 언젠가 구둣발로 셋방에 짓쳐 들어와 난동을 부리던 워너머니의 직원 중 하나가 아닌가.

"잠시 같이 가시죠. 과장님께서 대출금 관련 드릴 말씀이 있다고 하십니다."

"꼬박꼬박 갚고 있는데 무슨 말이 필요하다는 거죠?"

"그건 저희는 모르겠고, 일단 가시죠."

"시, 싫어요."

재경이 뒷걸음질을 치다 돌아섰다. 그러나 그 앞엔 민욱이 버티고 서 있었다.

"왜, 왜들 이러는 거예요? 신고할 거야!"

"세상에서 신고한다는 소리가 책 좀 읽으란 말 다음으로

지겹더라. 피곤하게 만들지 말고 일단 갑시다. 누가 아가씨 잡아먹는대?'

"자꾸 이러면 집에 있는 당신 어머니 찾아갑니다."

성제와 민욱이 서서히 간격을 좁혀 왔다. 재경은 쓰러질 것처럼 위태롭게 버티고 서서 울먹였다. 성제와 민욱의 억센 손길이 코앞으로 뻗어오고 있었다.

"뭐야, 당신들!"

재경에게는 구세주와도 같은 외침과 함께 골목에서 누군가가 튀어나왔다. 그 얼굴을 본 순간 재경은 안도하여 눈물을 글썽이고 말았다.

"누나, 괜찮아?"

두 팔을 잡고 놀라서 묻는 그는 채빈이었다. 혼자 보낸 일이 못내 신경 쓰여 작업장에서 뛰어나와 쫓아온 참이었다.

"이 꼬맹이는 또 뭐야? 어른들 얘기 중이니 비켜라."

민욱이 으름장을 놓으며 위협적으로 가슴을 내밀었다.

채빈은 조금도 위축되지 않고 매처럼 가늘게 뜬 눈빛으로 그에게 맞섰다.

"오늘은 안 되겠다. 일 꼬지 말고 일단 빠지자."

성제가 민욱을 잡아끌며 말했다.

성제에게 이끌려 가면서도 민욱은 채빈에게 삿대질을 하며 말을 계속했다.

"너 눈빛이 건방지네. 다음에 보면 인사 제대로 하자?"

성제와 민욱이 골목 어귀를 지나 사라졌다. 그제야 재경은 놀란 가슴 위로 손을 얹고 숨을 몰아쉬었다.

"말해 봐, 누나."

"아무것도 아냐."

"상황을 다 말해 봐. 나도 어느 정도까진 알고 있으니까 자세하게 말해 봐."

"채빈아… 진짜 별일 아니니까 너는 그만……."

콰아앙!

채빈의 주먹이 골목 옆의 담벼락 한가운데 꽂혀들었다.

단 한 방에 두터운 벽면이 박살이 나버렸다. 흙먼지를 우수수 흩날리며 떨어지는 잔해를 보고 재경은 얼어붙었다.

"이제 그런 말은 그만하고 상황을 말해 봐! 나 방금 돌 뻔했거든? 내가 도와준다고! 도와줄 테니까 있는 대로 말 좀 다 해 봐!"

채빈이 재경을 담벼락으로 밀어붙이고 소리쳤다.

재경의 두 눈에 눈물이 그렁그렁 고이고 있었다. 이윽고 무게를 견디지 못한 눈물이 터지면서 뺨을 타고 줄줄 흘러내렸다.

"말을 해야 도와주지! 말을 안 하는데 내가 어떻게 알아!"

"채빈아……."

"왜 사람 초라하게 만들어? 왜 말을 안 해! 왜 혼자 때우려고 하는데? 도움이 필요하면 필요하다고 말을 해! 내가 서울에 올라와서 병신처럼 살 때 누나한테 얼마나 도움을 받았는데! 누나는 왜 나한테 말을 못하는데! 대체 왜!"

와락!

채빈이 재경을 끌어당겨 부서져라 품에 안았다. 재경은 두 팔을 늘어뜨린 채로 채빈의 품에 안겨 놀란 눈을 치켜뜨고 있었다.

"내가 지켜준다고! 지켜줄 테니까 제발 말 좀 하라고!"

채빈의 외침이 연거푸 재경의 심금을 울렸다.

재경은 채빈을 이해할 수 없었다. 이해는커녕 그저 바보라는 생각만 들 뿐이었다. 도움을 받은 건 오히려 내 쪽인데. 이 바보는 대체 나한테 무슨 도움을 받았다고 이런 고생을 사서 하는 거야.

늘어져 있던 재경의 두 팔이 천천히 올라가고 있었다. 허공에서 잠시 흔들리던 두 팔이 앞으로 나아갔다. 어느새 재경은 채빈의 허리를 살포시 끌어안고 있었다.

"진짜로 남자 티가 나네."

"뭐라고?"

"콘센트 고치더니 남자가 됐어."

"농담할 기분 아니거든? 그리고 초딩 때부터 고쳤어."

"으흐흑……."

재경이 더욱 세게 채빈을 끌어안았다. 그리고는 채빈의 가슴에 얼굴을 묻고 흐느끼기 시작했다.

채빈은 재경이 우는 대로 놔둔 채 하늘을 올려다보았다. 파란 하늘이 흐려지지 않은 그대로였다.

그 아래 끌어안고 선 두 사람의 가슴속에서 무엇인가가 변화가 일어나고 있었다.

제4장
도화선

이계
마왕성

"커피 타줄까?"

"아니, 그냥 물 한 잔만."

"잠깐만 기다려."

재경이 미닫이문을 열고 부엌으로 나갔다. 그 사이에 채빈은 방 여기저기를 두리번거리며 살펴보았다.

방 하나와 작은 부엌이 전부인 1.5룸이었다. 조촐한 풍경 속에 낡은 옷장과 서랍, 작은 브라운관 TV가 차례차례 보였다.

문득 화장대 위의 사진첩에 시선이 갔다. 재경과 그녀의 어머니로 보이는 50대의 여자가 뺨을 맞댄 채 환히 웃고 있었다.

재경의 집에 오는 건 처음이었다. 재경은 한 번도 자신의 집에 대해 먼저 이야기를 꺼낸 적이 없었다.

딱히 중요한 일도 아니기에 채빈 역시 특별히 묻지 않고 지금껏 지내왔다.

그러니 오늘의 일은 어느 정도 공교롭다고 할 수 있었다.

워너머니의 습격 때문에 재경을 집 앞까지 데려다 주게 되었고, 이어 차라도 한잔하고 가라는 말에 이끌려 집 안까지 들어오게 되었으니까.

"자, 여기 보리차. 정수기가 없어서."

재경이 쟁반에 받쳐 온 컵을 내밀며 웃었다. 갈증이 났던 채빈은 건네받은 한 컵의 보리차를 단숨에 비웠다.

"맛있다."

"보리차가 뭐."

"나도 원래 보리차 먹고살았어."

재경이 채빈의 맞은편에 비스듬히 무릎을 꿇고 앉았다. 무릎 위로 말려 올라오는 치맛자락을 끌어내리며 재경이 입을 열었다.

"집이 많이 작지?"

"이사 가면 되지."

"응, 조만간 전세로 옮길 생각이야."

채빈이 두 눈을 짐짓 부릅떴다.

"전세는 무슨 전세야? 붕어빵 잘 팔리잖아. 연말까지 쭉 모았다가 빌라라도 확 한 채 사버려."

재경이 고개를 모로 기울인 채 말없이 웃기만 했다. 채빈은 뚫어져라 그녀를 바라보다 나직하게 입을 열어 물었다.

"얼마 남았어?"

"어?"

"그 워너머니인지 뭔지 사채 말이야."

"대충 3,000만 원 정도."

채빈이 턱을 괴고 생각에 잠겼다.

재경이 곤혹스러운 기색으로 손을 내저어 보였다.

"근데 신경 쓰지 마. 장사도 엄청 잘 되고, 네가 최근에 소스도 많이 떼어다 줘서 금세 갚을 수 있으니까."

"금세? 그게 어느 정돈데? 최소한 3개월은 걸릴 거 아냐."

"아무래도 그렇지."

채빈이 보기에 3개월은 너무 긴 시간이었다. 90일 동안 워너머니가 갖은 방법으로 재경을 괴롭힐 게 뻔하지 않은가.

법적으로 이어진 악연부터라도 일단 끊어버리는 게 상책이라고 채빈은 판단했다.

"이렇게 해, 누나. 내가 돈 3,000만 원 빌려줄 테니까 워너머니에 일시불로 후딱 갚아버려."

"채빈아, 그래도 그건……."

"아, 됐어. 또 무슨 말을 하려고."

채빈이 듣기도 싫다는 듯 고개를 내저으며 재경의 말을 잘랐다.

"돌아가는 대로 입금해 줄게. 그런 표정 짓지 마. 차용증도 필요 없고 얘기 끝났으니까 더 말하지도 말고."

채빈은 아예 못을 박듯이 연거푸 내뱉고는 자리에서 일어섰다.

더 앉아 있다가는 재경이 무슨 소리를 하면서 거절할지 모르는 일이었으므로.

"나 그만 간다. 1시간 있다가 계좌 확인해 봐."

"채빈아, 앉아 봐."

재경이 꿇었던 무릎을 풀고 다급히 일어섰다. 그러다가 다리가 저려오는 바람에 몸을 비틀거렸다.

"아흑!"

"이크, 조심해!"

덥석!

"……."

"……."

작은 방 안에 침묵이 흘렀다.

채빈과 재경의 얼굴이 코끝이 닿을 듯 말듯 가까이에 있었다.

채빈의 오른손은 재경의 가느다란 허리를, 왼손은 어깨를 붙들고 있었다.

채빈은 손가락 하나 움직일 수 없었다.

숨만 점차 가빠오는 가운데 재경의 두 눈에 고정된 시선을 뗄 수가 없었다.

사정은 재경도 마찬가지였다.

굳은 듯이 채빈에게 몸을 안긴 채 반쯤 벌린 입술로 달뜬 숨을 내쉬고만 있었다. 가슴은 한껏 부풀어 채빈의 명치에 닿을 듯 말 듯 위태로웠다.

'하아……!'

재경의 가느다란 숨결이 뺨으로 와 닿은 순간.

채빈의 눈동자가 천천히 떨어져 내렸다. 립글로스의 윤기로 한층 돋보이는 앙증맞은 입술이 그곳에 있었다.

채빈의 입술이 아주 천천히 다가서기 시작했다. 재경은 양 손가락과 발가락을 전부 힘껏 오므린 채 두 눈을 질끈 내리감고 있었다.

철컥!

현관에서 금속음이 울렸다.

재경이 화들짝 눈을 뜨고 채빈의 품에서 벗어나 한 걸음 물러섰다.

아슬아슬한 차이로 문이 열리고 재경의 어머니 명애가 집 안으로 들어섰다.

"어, 엄마. 왜 이렇게 일찍 왔어? 등산 모임에서 저녁까지 먹고 온다고 했잖아."

재경이 허둥지둥 현관으로 나가 명애를 맞았다. 등산복 차림의 명애가 모자를 벗으며 툴툴거리듯 말했다.

"저녁 약속이 파토 났다. 하나도 아니고 둘이나 그러니 어떡해. 다음으로 미뤘지. 그러는 넌? 오늘 놀러 간다더니 왜 이렇게 일찍 왔어?"

"있잖아, 그게……."

어물거리는 재경의 등 뒤로 채빈이 나타났다. 90도로 허리를 숙이면서 채빈이 큰 소리로 인사했다.

"안녕하세요, 처음 뵙겠습니다. 이채빈이라고 합니다."

"아… 네, 안녕하세요."

명애가 어물어물 인사를 받는 한편 재경에게 눈짓으로 물었다.

재경은 아직도 채빈을 어떻게 소개해야 할지 갈팡질팡 말을 못 꺼내고 있었다.

이번에도 채빈이 대신 나섰다.

"도서관에서 같이 스터디 그룹하면서 알게 됐습니다."

"스터디… 그룹?"

"과목 정해서 여럿이서 모여서 공부하는 거요. 오는 길에 제가 하도 목이 말라서 물 한 잔 얻어 마시려고 들렀습니다. 실례를 끼쳐 드려 무척 죄송합니다."

"아아… 네. 아니에요, 실례는 무슨. 자, 들어가 앉아요."

"아닙니다. 아르바이트 때문에 이제 돌아갈 참이었어요."

명애의 말이 이어지기도 전에 재빨리 신발을 신은 채빈은 다시 한 번 공손히 허리를 굽혀 명애에게 인사했다.

"그럼 이만 가보겠습니다. 안녕히 계세요. 누나, 내일 봐."

채빈이 나가고 현관문이 닫혔다.

그러기가 무섭게 곧바로 명애가 토끼눈을 뜨고 재경에게 물었다.

"잘생긴 총각이네. 성격도 엄청 싹싹해 보이구. 사귀니?"

"엄마는 무슨……. 그런 거 아니고 그냥 동생이야."

"네가 누나야? 그래. 너보고 누나라 그랬지. 몇 살이나 어린데? 1살? 2살?"

"3살 차이야."

재경이 돌아서서 방으로 들어갔다. 그녀가 갈아입을 셔츠와 반바지를 꺼내드는 와중에도 명애는 계속 호들갑을 떨고 있었다.

"그럼 딱 20살이네? 애, 요즘 세상에 3살 차이가 뭐 어떠

도화선

니? 엄만 저 총각 너무 맘에 든다. 엄마 사람 잘 보는 거 너도 알지?"

"됐거든?"

재경이 짜증스럽게 대꾸하며 치마를 벗어 내렸다. 타이트한 분홍색 팬티가 드러났다. 엉덩이 한가운데 그려진 귀여운 곰이 활짝 웃고 있었다.

명애가 재경의 엉덩이를 손바닥으로 때렸다.

찰싹!

"아야! 뭐야!"

"나이 좀 생각해라, 이것아. 애들이나 입는 빤스 입고 다니지 말고."

"누가 본다고 그래! 그리고 이 팬티가 어때서?"

"예쁜 옷 좀 사 입어. 화장도 잘 하고. 머리도 허구한 날 말총처럼 묶고만 다니지 말고 이것저것 좀 해봐. 한창 꾸밀 때 안 꾸미고 살면 나중에 너 땅을 치고 후회한다."

"어휴, 엄마 그만 좀 해!"

재경이 갈아입을 옷을 챙겨 욕실로 들어가 문을 닫았다.

투덜거리며 속옷을 벗는 찰나 눈앞의 거울로 시선이 갔다. 거울에 비춰진 입술을 손끝으로 누르며 재경은 채빈과의 일을 떠올렸다.

엄마가 조금만 늦게 돌아왔다면, 그래서 만약 입술이 닿았다면 무슨 일이 벌어졌을까. 진정된 줄 알았던 가슴의 고동이 다시금 거세지고 있었다.

'이건 말도 안 돼. 아냐, 채빈이랑 어떻게 그런……. 내가 미쳐도 단단히 미쳤지!'

재경이 고개를 세차게 내저으며 샤워기를 틀었다.

쏟아져 내리는 차가운 물줄기에 몸을 맡긴 채 재경은 뒷머리를 벽에 기대고 섰다. 한껏 오른 열이 완전히 식을 때까지, 오래도록.

"…하마터면 재경 씨 큰일 날 뻔했네."

"네."

채빈이 대답하며 의자 등받이 깊숙이 몸을 눕혔다. 이제 막 작업장에 돌아와 세만에게 사정을 설명한 참이었다. 재경에겐 조금 미안했지만 그래도 세만에게는 말해두는 게 낫겠다는 판단에서였다.

눈앞에서는 9명의 프라이어가 80대의 컴을 제어하며 작업에 열중하고 있었다. 멀거니 그 광경을 바라보며 세만이 말했다.

"소스 때문에 접근하는 건 분명한데 말이야."

"형 생각도 그래요?"

"그렇잖아. 이자까지 매달 챙겨서 잘 갚고 있는데 딱히 무슨 이유가 있겠어? 천하의 날도둑놈들."

"어떡하죠. 누나가 신고하기를 꺼려하는데요."

"뭐가 두려워서?"

"누나 어머니 때문에요. 몸도 안 좋으신데 험한 일 당해서 큰일이라도 나면 어떻게 하느냐고……."

"아, 그래. 그런 문제가 있지. 내 생각이 짧았군."

세만 역시 이맛살을 찌푸리며 복잡한 심경을 드러냈다.

"남의 일이라면 당장 신고하라고 말하기 쉽지. 하지만 본인 문제가 되면 이야기가 달라져. 막말로 그 또라이들 때문에 어머니가 심장마비라도 나시면 어떡할 거야?"

"그렇죠."

채빈과 세만의 생각은 비슷했다.

법 앞에서 얼마나 안전할 수 있을까.

공권력이 24시간 재경과 그의 어머니를 지켜줄 수 있는 것도 아니다.

인생막장으로 치닫는 깡패들이 욱하는 순간에 이성을 잃고 무슨 짓을 벌일지 모르는 일이다. 결국 자기 몸과 지갑은 스스로 지켜야 하는 것이다.

"그래도 별일은 없을 것 같은데. 이제 돈도 한꺼번에 갚아버리면 되고. 그래도 가게는 역시 한동안 쉬라고 해두는 게 좋을 것 같은데 말이야. 놈들 관심이 멀어질 때까지."

"그렇겠죠?"

드르륵!

채빈의 주머니에서 핸드폰이 진동했다. 재경으로부터 날아온 문자 메시지였다.

돈 빌려줘서 정말 고마워. 네 말대로 하고 3개월 안에 꼭 갚을게. 내일 보자.

평소 주고받던 문자보다 내용이 간략했다.

무엇인가가 채빈의 마음에 걸렸다. 그게 뭘까 하고 생각하고 있노라니 명애가 돌아오기 직전 재경과 있었던 일이 머릿속에 그려지기 시작했다. 수줍게 달아올라 있었던 재경의 얼굴, 그리고 더운 숨결…….

'아씨, 어떡하지.'

문자에 그 일에 관한 언급이 일절 없다는 건, 어쩌면 재경도 그만큼 신경을 쓰고 있다는 반증일지도 모른다. 채빈은 지끈거리는 머리를 싸매고 한숨을 내쉬었다.

괜히 사이만 어색해지게 만들어 버린 건 아닐까 후회스러웠다.

"왜 그래? 또 무슨 일 있었어?"

"아니에요."

아무리 세만이라고 해도 이것만큼은 말할 수가 없었다. 채빈은 핸드폰을 들고 잠시 고민한 끝에 재경에게 답문을 보냈다.

고맙기는. 빚은 빨리 갚고, 가게는 며칠만 쉬는 게 좋을 것 같아. 지금 세만이 형이랑 같이 있어서 문자로 보내니까 이해해 주고.

알았어. 네 말대로 며칠 쉬고 있을게. 수고하고 전화해.

간략한 재경의 답문이 금세 되돌아왔다.
채빈은 그 짧은 문자를 몇 번이나 되새기듯 읽고는 만화책으로 얼굴을 덮으며 드러누웠다. 끊임없이 들려오고 있는 게임 효과음이 시끄럽기는커녕 좋기만 했다. 골치 아픈 생각이 들지 않도록 훼방을 줘서.

다음날 오전.
쉬겠다고 약속을 한 것과 달리 재경은 가게의 셔터를 올리고 있었다. 약속을 어길 생각으로 온 것은 아니었다. 가게에 두고 온 통장 때문이었다.
"휴우. 더워."

아직 오전 10시인데도 날은 찌는 듯이 더웠다. 셔터를 올리고 나자 등줄기가 땀으로 흥건해졌다. 재경은 잠시 쉬었다 돌아갈 참으로 의자에 앉아 선풍기 전원을 켰다.

"장사 안 해요?"

"어머, 초연아."

재경이 반갑게 웃으며 일어섰다. 가판대 앞의 초연이 내리쬐는 햇빛에 얼굴을 잔뜩 찌푸리고 서 있었다.

"초연이 너 또 학교 안 간 거야?"

"오늘 개교기념일이거든요?"

"아, 그랬니?"

재경이 멋쩍게 웃었다.

초연이 가판대를 작은 손으로 콩콩 내리치며 되물었다.

"설마 언니도 개교기념일이라는 건 아니겠죠?"

"어? 어, 그건 아닌데 오늘은……."

"초~ 연~ 아~!"

갑자기 우렁찬 목소리가 날아들었다.

초연은 돌아보지도 않은 채 벌써부터 심기가 불편한 듯 입술을 앙다물고 있었다.

재경이 초연의 어깨 너머로 눈길을 던졌다. 초등학생 남자애 하나가 부랴부랴 뛰어오는 중이었다. 어쩐지 약해 보이는 작은 체구의 남자애였다.

"하악! 하악! 한참 찾았잖아, 초연아."

"야, 너 내가 밖에서 말 걸지 말라고 했지?"

초연이 쏘듯이 내뱉었다. 그에 아랑곳없이 남자애는 주머니에서 만 원짜리 지폐를 꺼내며 재경에게 말했다.

"누나, 떡볶이 2인분 주세요. 오뎅도요. 초연이랑 같이 먹을 거예요."

"초연이 친구니?"

재경의 물음에 초연이 이를 악물며 가판대를 내려쳤다.

"친구 아니거든요? 나 얘 완전 싫어하거든요? 야, 윤여민. 너랑 짝이라는 것도 토 나오게 싫거든? 제발 귀찮게 굴지 말고 눈앞에서 사라져 줄래? 해골 같은 게."

여민이라는 남자애는 아무 말도 하지 못하고 고개를 푹 수그렸다. 작지만 맑은 두 눈에 눈물이 맺히려 하고 있었다.

"초연이 너 친구한테 왜 그러니? 싸우지 마."

초연이 팔짱을 끼고 코웃음을 쳤다.

"싸우다니요? 그런 유치한 짓을 왜 하죠? 이건 싸우는 게 아니라 내가 일방적으로 애를 혼내는 거예요."

"으흐흐흑……!"

기어코 여민이 눈물을 터뜨렸다. 도저히 두고 볼 수가 없어 재경은 일단 둘을 가게 안으로 끌어들였다.

"잠깐 앉아 있어. 원래 언니가 오늘 장사 쉬는 날인데 특별히 떡볶이 만들어 줄게. 대신 그거 먹고 화해하는 거다? 알았지?"

"네."

"흥."

정작 사과할 필요도 없는 여민만 대답하고 초연은 콧방귀를 뀌었다. 재경은 쓴웃음을 지으며 앞치마를 가슴 앞에 둘렀다.

바로 그때였다.

"와우, 먹고살기 좋은가 봐. 시간이 몇 신데 아직도 개시를 안 했어?"

재경이 앞치마를 두르던 자세 그대로 얼어붙었다.

문을 열고 들어서는 성제와 민욱의 음험한 얼굴이 차례차례 그녀의 동공을 스쳐 가고 있었다.

"무, 무슨 일이에요?"

"무슨 일이라니. 분식집에 분식 먹으러 왔지."

성제와 민욱이 태연자약하게 대꾸하게 거칠게 의자를 빼고 앉았다. 재경은 채빈을 떠올리며 용기를 내어 맞섰다.

"돈이라면 다 송금했고 더 이상 볼일없잖아요. 그만 나가주세요."

"와아, 손님을 거부하네. 민욱아, 이거 너무하는 거 아니냐?"

도화선 133

"그러게, 경찰에 신고할까?"

"그래, 경찰에 신고하면 다 해결되는 세상이니까? 킥킥킥."

성제와 민욱이 기분 나쁜 웃음을 터뜨렸다.

재경이 초연을 향해 눈짓으로 나가라는 신호를 보냈다. 하지만 초연은 못 본 척 움직일 줄을 몰랐다.

성제가 웃음을 거두고 험악한 시선으로 말했다.

"그리고 아가씨, 2년 분할 상환하기로 해놓고 누구 마음대로 일시불이야? 귀에 걸면 귀걸이고 코에 걸면 코걸이야? 아주 제멋대로 규정을 만드네? 이참에 아예 아가씨가 대부업을 하지그래?"

"말도 안 되는 소리하지 말아요! 세상에, 늦게 갚는다는 것도 아니고 일시불로 갚아주겠다는데 그게 무슨 문제가 된다고 이런 억지를 부려요?"

"이런 씨발!"

"꺄악!"

와장창!

민욱이 의자를 들어 냅다 주방으로 내던졌다.

유리창이 산산이 부서지면서 조각이 와르르 쏟아졌다.

"으아아앙!"

놀란 여민이 부들부들 떤 끝에 울음을 터뜨렸다. 초연은 울지 않고 그저 숨만 씩씩거리고 있었다. 재경이 그 둘을 감싸듯이 껴안고 민욱을 돌아보며 소리쳤다.

"애들도 있는데 이게 무슨 행패예요! 당장 나가요! 이번엔 진짜로 경찰에 신고할 거야! 이젠 협박해도 소용없어!"

"아 나 이런……!"

성제가 머리를 긁적이며 다가와 재경 앞에 쪼그려 앉았다. 뱀처럼 가느다란 눈으로 재경을 바라보며 성제가 소곤거리듯 말했다.

"아가씨, 난 협박할 줄 몰라. 그 전에 손을 쓰지."

"무, 무슨……!"

"어머니랑 행복하게 살고 싶지 않아? 어머니한테 무슨 일 생기면 속상하겠지? 응? 그렇지?"

"으으윽……!"

재경은 아무런 대답도 못하고 사시나무처럼 부들부들 떨었다.

더럽고 치졸하기 짝이 없는 놈들이지만 무서운 것도 사실이었다.

"대체… 대체 뭘 원하는 거예요?"

"이제야 얘기가 좀 되겠네."

성제가 앞니를 훤히 드러내며 웃었다.

그 뒤로 다가온 민욱이 성제의 어깨에 손을 얹으며 대신 말

도화선 135

을 이었다.

"아가씨, 붕어빵 좀 같이 팝시다."

"뭐라고요?"

"소스 제조법 우리한테 넘겨. 같이 먹고살자구. 소스만 넘겨주면 과장님이 이자도 전부 없애주신대."

재경이 고개를 떨어뜨리고 이를 악물었다.

스페셜 소스는 단순한 밥벌이가 아니었다. 채빈으로부터 받은 더없이 소중한 선물이었다. 삶의 낭떠러지 끝에 가까스로 매달린 채 하루하루 죽어가던 자신을 구원해 준 채빈 그 자체였다.

"절대로 안 돼."

고개를 숙인 채 재경이 말했다.

성제와 민욱의 미간이 동시에 뒤틀리고 있었다.

"절대로 안 돼. 무슨 소릴 해도 소스는 안 넘겨 줘."

"이런 씨발년이······."

민욱이 한 팔을 번쩍 치켜들었다.

바로 그 순간이었다.

지금껏 잠자코 있던 초연이 자리를 박차고 뛰어나와 민욱의 팔을 붙잡고 덥석 깨물었다.

"아야야야! 이 계집애야! 이거 안 놔!"

"재경 언니 괴롭히지 마!"

"이게!"

민욱이 초연에게 물린 팔을 허공에 대고 휘둘렀다. 초연은 그 힘을 버텨내지 못하고 탁자까지 쓰르뜨리며 거칠게 튕겨나가 바닥을 데굴데굴 굴렀다.

"아아악! 초연아!"

재경이 넋이 나간 얼굴로 뛰어가 쓰러진 초연을 잡아 일으켰다.

민욱은 초연에게 물렸던 팔을 붙잡고서 뒤 닦은 휴지처럼 얼굴을 구기며 중얼거리고 있었다.

"계집애가 독하네. 어우, 씨발. 이래서 난 세상에서 애새끼들이 돈 안 갚는 놈들 다음으로 싫어."

"이이… 이 나쁜 자식들아!"

재경이 빗자루를 들고 눈물을 뿌리며 덤벼들었다. 민욱은 가볍게 빗자루를 옆으로 피해내고는 그대로 재경의 뺨을 향해 손바닥을 날렸다.

철썩!

"아악!"

"재경 언니!"

재경이 한 바퀴 핑그르르 돈 끝에 고꾸라졌다.

터진 입술 끝에서 실핏줄이 흘러내리고 있었다. 기어이 초연마저 재경의 목덜미를 껴안은 채 참고 있었던 눈물을 터뜨리고 말았다.

"씨발, 기분 좆같네. 성제야, 인사나 하고 가자."

"그럴까. 간만에 몸 좀 풀어 볼까."

성제와 민욱이 옷소매를 걷었다. 호박넝쿨 문신으로 범벅이 된 두 팔을 드러낸 채 둘은 가게 셔터부터 재빨리 내렸다.

"뭐, 뭘 하려는 거야! 당신들 당장 그만두지 않으면……!"

와장창창!

재경은 말을 잇지 못했다.

두 사내가 마구잡이로 탁자와 의자를 내던지고 기물을 발로 밟아 부수기 시작한 참이었다.

재경은 초연과 여민을 데리고 구석으로 가 몸을 웅크릴 수밖에 없었다.

"으아아아앙! 으아아아아앙!"

여민의 격한 울음소리 속에서 일방적인 파괴는 계속되고 있었다. 재경은 초연과 여민의 두 눈을 손으로 가린 채 소리 죽여 흐느꼈다. 악몽이라면 빨리 깨어나기만을 간절히 바라면서.

"황성제랑 조민욱이라는 놈이래. 주유소 경진이가 가게로 들어오는 걸 봤다더라. 걔도 워너머니에서 사채를 쓴 적이 있어서 기억을 하더라고."

채빈은 난장판이 된 가게 한가운데 우두커니 서서 세만의 설명을 듣고 있었다. 재경은 프라이어에게 부탁해 지하 작업실에서 휴식을 취하도록 한 참이었다.

"이럴 때가 아니지. 역시 신고부터 해야겠다."

"신고하지 말아요."

"뭐?"

채빈이 몸을 빙글 돌려 세만과 마주섰다. 의외로 채빈의 얼굴은 세만이 심기를 읽어낼 수 없을 만큼 무덤덤했다.

"신고해 봤자 분이 안 풀려요. 꼬붕들만 잡혀 들어가고 얼마 있다가 나와서 이런 엿 같은 짓을 반복하겠죠."

"너, 무슨 말을 하려고……."

채빈이 세만의 양 어깨를 덥석 붙잡았다. 흠칫 놀라 허리를 편 세만에게 채빈이 진중한 목소리로 말을 이었다.

"저 진짜로 형 좋아해요."

"뭐, 그래. 나에겐 사테라이자가 있지만……."

"저 아무도 안 믿고 살았어요. 살아온 환경 거지 개떡 같았고, 아니, 이것도 다 핑계지. 솔직히 세상 탓하면서 혼자 틀어박힌 것도 있고, 그래서 성격도 나빴어요. 지금은 달라졌어요. 서울 올라와서 재경 누나랑 형을 만나서 변했다고요. 너무 좋다고요."

"채빈아……."

채빈의 눈가가 젖어들고 있었다. 세만의 어깨를 잡은 손에 더욱 힘을 주며 채빈이 말을 이었다.

"형 믿고 말씀드리는 거예요. 형은 똑똑해서 어차피 알게 될 거잖아요. 그래서 죄송해요. 이런 말 들은 것만으로도 형은 충분히 부담스러울 테니까."

"진정해, 채빈아. 일단 앉아서 얘기하자, 어?"

"약속할게요. 형한테는 절대 아무런 피해도 가지 않도록 할게요."

거기까지 말하고 난 채빈이 말을 멈추고 스스로를 진정시키듯 심호흡을 했다. 그리고 이내 두 눈을 부릅뜨며 말을 이었다.

"신고하지 말아요. 제가 알아서 할게요. 부탁드려요."

말을 마친 채빈이 세만의 옆을 지나쳐 가게를 빠져나갔다.

곧바로 세만이 핸드폰을 꺼내 들었다. 채빈의 울분은 백번 이해하지만 위험한 상황으로 치닫는 현실을 방치할 수는 없었다.

떨리는 손가락 끝이 112를 누르고 있었다.

바로 그때였다.

덜컹!

새까만 피부의 흑인 4명이 가게로 들어와 다짜고짜 가게 셔터를 내리고 있었다. 그들 중 1명이 재빨리 세만의 핸드폰을 빼앗아 들고는 세만을 억지로 눌러 앉혔다.
"다, 당신들 뭐요!"
이 흑인 4명이 지하에서 동고동락한 프라이어라는 사실을 세만은 꿈에도 알 턱이 없었다. 세만이 신고할 것을 일찌감치 예상한 채빈이 미리 부탁해 두었던 것이다.
"갑자기 이게 무슨 짓이야! 대체 당신들 누구요?"
"알로하, 그냥 지나가던 아무개3호입니다. 저희랑 두어 시간 느긋하게 포커나 한 게임 하시죠."
흑인이 유창한 한국어로 말하면서 카드 한 벌을 꺼내 들었다.
세만이 어이가 없다 못해 새하얗게 질린 얼굴로 침을 튀기며 소리쳤다.
"뜬금없이 포커는 무슨 포커! 이상한 소리 말고 급하니까 빨리 핸드폰부터 돌려줘! 아니, 왜 이래! 으악! 껴안지 마!"
한편.
가게를 나선 채빈은 부지런히 걸음을 옮기고 있었다. 목적지는 워너머니의 사무실이 자리한 빌딩이었다. 멀지 않은 곳에 있었기에 채빈은 도보를 택했다.
재경의 입술에서 흘러내리던 핏물이 여전히 눈앞에 생생했다.
채빈은 두 주먹을 부서져라 쥐었다.

프라이어에게 부탁할 수도 있었지만 그렇게 하지 않았다. 복수를 정령에게 맡기기에는 가슴속에 팽배한 분노가 너무도 컸다.

20여 분을 부지런히 걸은 끝에 채빈은 목적지에 도착했다.

'찾았다.'

채빈이 골목 모퉁이에 몸을 기대고 섰다.

워너머니의 사무실이 있는 5층 빌딩 앞에서 성제와 민욱이 담배를 피우고 있었다. 주위엔 아무도 없었다. 채빈은 보는 눈이 없음을 다시금 확인한 다음 팔목의 팔찌를 붙잡고 입술을 달싹였다.

"시그너스 아머."

쿠우우우우웅!

원기둥의 마법진이 빛과 함께 솟구쳐 올랐다.

시그너스 아머의 각 부위가 떠올랐다.

채빈은 양옆으로 두 팔을 활짝 벌리고 서서 달라붙는 부품들에 몸을 내맡기고 있었다.

"성제야, 무슨 소리 들리지 않았냐?"

"잘 모르겠는데. 비행기 떴나?"

그렇게 중얼거리며 민욱이 고개를 들었을 때였다.

"…뭐야, 저거?"

민욱이 자기도 모르게 담배를 떨어뜨리며 주춤주춤 일어

섰다.

날개를 펼친 백색 갑옷의 채빈이 뚜벅뚜벅 다가오고 있었다.

"뭐야, 당신?"

채빈이 마나를 조금 끌어올렸다. 성대에 머무르는 마나를 통과하자 평소와는 전혀 다른 무거운 목소리가 흘러나왔다.

"황성제랑 조민욱 맞는지?"

"그런데 댁은 뉘슈?"

"나는 악당이야, 너희들보다 훨씬 나쁜."

"이 새끼 뭔 소리 지껄이는 거냐?"

민욱이 채빈에게 삿대질을 하며 성제에게 물었다.

성제가 가슴을 펴고 앞으로 나섰다.

"아저씨, 뭔 쇼하는 거야? 어디 이벤트라도 하는 중인가 본데 우린 그런 거 받아줄 사람들 아니거든? 딴 데 알아보쇼."

"나는 악당이라니까."

채빈이 재차 말했다.

안 그래도 날이 더워 짜증이 머리끝까지 치솟아 있었던 민욱이 두 눈을 부라리며 소리쳤다.

"야이, 씨발아. 대가리 퓨즈 나갔냐? 구관조 새끼마냥 똑같은 말 계속 씨부리지 말고 딴 데 가서 알아보라고!"

민욱이 한 팔을 뻗어 채빈의 가슴을 거칠게 밀었다.

채빈은 단 한 걸음도 밀려 나지 않고 굳건히 서서는 오히려 민욱의 손을 움켜잡았다.

"이, 이 새끼가… 억?!"

민욱은 말을 잇지 못했다.

채빈의 손아귀 가득히 힘이 들어가고 있었다.

새파랗게 질린 민욱이 비명을 터뜨리기도 전에, 채빈은 급격히 내공을 실어 힘을 높였다.

뿌드드득!

"갸아아악!"

손가락이 모조리 부러지면서 민욱이 양 무릎을 동시에 꿇었다.

채빈은 민욱의 머리칼을 움켜잡고 뒤로 젖힌 뒤 드러난 면상을 향해 강철 싸대기를 날렸다.

처얼~ 썩!

"푸하하학!"

민욱이 피를 토하며 저만치 데굴데굴 굴러나갔다.

뒤늦게 사태를 파악한 성제가 핏기가 가신 얼굴로 두 주먹을 치켜들고 있었다.

"너, 너 뭐하는 새끼야!"

"악당이라고."

"이런 쥐약 먹은 새끼가! 너 오늘 뒈졌어! 아가리 다 털려서 싸그리 임플란트 박게 될 줄 알아!"

타다다다닷!

성제가 달려들며 주먹을 뻗었다.

채빈은 피하지 않고 날아오는 주먹을 그대로 받아들였다.

콰아아앙!

"아흐흐흐흐~! 아아아악!"

미련하게 맨주먹으로 갑옷을 때린 성제가 제 주먹을 부여잡고는 한쪽 무릎을 풀썩 꺾으며 무너졌다.

채빈은 그 정강이를 향해 내공을 실은 강렬한 로우킥을 날렸다.

빠가가가각!

"갸아아아아악!"

성제는 하늘이 노래지는 것을 느꼈다.

정강이뼈가 으스러지는 고통은 차마 말로 형용할 수가 없을 정도였다.

입에서는 게거품까지 끓어오르고 있었다.

"이 새끼야!"

그때였다. 등 뒤로 몰래 다가온 민욱이 온전한 한 손으로 쇠파이프를 휘둘러 채빈의 머리를 세차게 내리찍었다.

콰아아앙!

"아악!"

쇠파이프가 허공으로 날아가면서 민욱이 비명을 질렀다. 갑옷이 이토록 단단할 줄이야.

충격으로 때린 민욱의 손만 끊어질 것처럼 찌릿찌릿할 뿐이었다.

"너도 한 대 더 맞아야 돼."

"히이익……! 오, 오지 마! 오지 마!"

돌연 민욱이 발목에서 단검을 꺼내 들었다. 그는 추하게 눈앞을 이리저리 베면서 채빈에게 위협을 가했다.

시그너스 아머를 입은 채빈은 무섭기는커녕 하품이 나올 뿐이었다.

"찌른다! 찌른다고! 워이! 워이!"

민욱이 단검을 내지르며 찌르는 시늉을 해보였다.

채빈은 무시하고 땅을 박찼다. 단숨에 둘 사이의 간격이 좁아졌다.

치달아 오르는 백색의 건틀릿이 민욱의 시야를 가득히 채우고 있었다.

콰아아앙!

"크어어어어억!"

민욱이 코와 입으로 동시에 핏물을 터뜨렸다.

채빈은 쓰러지려는 민욱의 멱살을 잡아 억지로 세웠다. 그런 채로 옆구리에 또 한 차례 주먹을 꽂아 넣었다.

퍼어억!

"캬아아아아악!"

두 눈이 까뒤집힌 채 혀까지 내밀며 침을 튀기는 민욱.

채빈은 무심한 눈길로 민욱이 흘리는 악어의 눈물을 바라보다가 멱살을 잡았던 손을 놓았다.

곧바로 민욱은 바닥에 널브러져 물 잃은 붕어처럼 숨을 헐떡였다.

"이 동네 악당 노릇은 나 혼자면 충분해. 알아들어?"

"으어어억……! 자, 잘못했어……! 뭔진 몰라도 잘못했으니까 그만……. 아흐흑!"

채빈은 조용히 민욱에게서 시선을 거두어 이번엔 등 뒤의 성제를 바라보았다.

성제는 하수구가 설치된 벽쪽 바닥에 비스듬히 고꾸라진 채 울고 있었다.

그가 지린 오줌이 다리 사이의 땅 위에서 점점 넓게 번져가고 있었다.

'이만하면 됐겠지.'

반성은 안 하더라도 최소한 한동안은 병원 신세를 져야 할 것이다.

채빈은 돌아서서 성제와 민욱을 등지고 달리기 시작했다. 시그너스 아머의 제한 시간이 끝나기 전에 해제시킬 장소를 찾아야 했다.

"이게 대체 어떻게 된 거야?"

기광이 기가 차다는 눈길로 내려다보며 물었다. 시선 아래 성제와 민욱이 나란히 누워 있었다. 하루 만에 소식을 듣고 병원으로 달려온 참이었다.

공통적으로 성제와 민욱의 얼굴은 잔뜩 부어 만신창이었다. 거기다가 성제는 한쪽 다리에 깁스를 한 채였고, 민욱은 손에 깁스를 하고 복부에는 붕대를 칭칭 감고 있었다.

"대체 어떻게 된 일이냐고 묻잖아."

"죄송합니다, 기광이 형."

"사과 들으려는 게 아니라고."

기광이 민욱 옆의 침대 끄트머리에 걸터앉았다.

침대가 기광의 무게를 견디지 못하고 일순 삐걱거리며 들썩였다.

그 진동에 민욱이 옆구리를 감싸고 앓는 소리를 냈다.

"아야야……!"

"지랄을 한다. 말이나 해봐. 대체 어떤 놈이야? 이 동네에서 본 적 있는 새끼야?"

성제와 민욱은 서로의 눈치만 볼 뿐 쉽사리 대답하지 못했다. 기광의 눈길이 험악해지자 성제가 창백해진 안색으로 급히 입을 열었다.

"저, 기광이 형. 그게……"

"그게 뭐? 말을 해."

"누군지 모르겠어요."

"모르겠다고?"

"이상한 갑옷을 입고 있었거든요. 양놈들이 옛날에 입었던 영화에 나오는 그런 갑옷이요. 얼굴은 하나도 안 보이고, 목소리는 엄청 굵은데. 가래도 좀 끓는 것 같았고……"

기광은 어처구니가 없다는 얼굴로 할 말을 잃어버렸다. 성제가 주절주절 말을 계속했다.

"키는 175 정도 될까 말까 하는 것 같은데… 진짜 누군지 모르겠습니다. 그 목소리도 들어본 적이 없어요."

"맞아요. 저도 들어본 적이 없어요."

옆에 앉은 민욱이 바보처럼 성제의 끝말을 따라했다.

기광이 목을 뒤로 쳐들고 병원 천장을 올려다보며 콧김을 뿜었다.

"그래, 처음 보는 놈한테 갈비가 부러지고 다리가 으깨지도록 처맞았다는 거지? 그것도 단 한 방에?"

"형이 못 보서서 그래요. 힘 하나는 진짜 셌다고요."

"니들 지금 나하고 장난해? 솔직히 말해 봐. 요즘 뭔 짓 하고 다녔어? 사고 친 거 있냐?"

기광의 표정이 기이하게 뒤틀리고 있었다.

성제와 민욱이 동시에 기겁을 하고 고개를 내저었다.

"사고라니요! 저희 얌전히 돌아다녔어요! 그리고 지난주까지는 기광이 형하고 같이 다녔잖아요."

"으음……."

기광이 커다란 손으로 턱을 매만지며 생각에 잠겼다. 정적 속에서 불현듯 성제가 분하다는 듯이 이죽거렸다.

"대낮에 린치를 해? 어떤 새낀진 몰라도 잡히기만 해봐."

"어? 린치가 뭐야?"

민욱이 붕어처럼 눈을 뜨고 불쑥 물었다.

"지지리도 무식한 초졸 새끼야. 좆나 몰래 습격하는 거."

"아아, 그런 뜻이구나."

민욱이 납득하고 멀거니 고개를 주억거렸다.

기광은 고개를 절레절레 흔들다가 자리를 박차고 일어섰다. 침대가 흔들리면서 민욱이 또 한 차례 옆구리를 부여잡고 신음을 터뜨렸다.

"아우……! 기광이 형, 들어가시게요?"

"너희들 요즘 그 붕어빵 가게 드나들었지?"

"네, 네. 춘식 과장님이 시키셔서요."

기광이 살며시 미간을 좁히고 나직이 물었다.

"그쪽으로 뭔가 짚이는 거 없어?"

성제와 민욱이 서로의 얼굴을 쳐다보며 고개를 갸우뚱거렸다.

잠시 그런 끝에 성제가 조심스레 대답했다.

"글쎄요. 특별히 모르겠는데……."

기광이 조이는 넥타이를 살짝 풀며 짧은 숨을 토해냈다. 솥뚜껑처럼 커다란 손으로 성제와 민욱의 머리를 헝클듯이 쓰다듬으면서 그가 말했다.

"내일 다시 올 테니까 몸조리나 잘해. 병원에서 얌전히 지내라. 간호사들한테 수작 부리지 말고."

"알겠습니다. 기광이 형, 진짜 죄송해요."

"죄송한 줄 알면 후딱 뼈 붙이고 튀어나와."

말을 마친 기광은 들어올 때와 마찬가지로 바람처럼 병실을 나섰다.

민욱이 복대로 감싼 옆구리를 살며시 감싸고 드러누우며 중얼거렸다.

"아우, 아퍼……. 성제야."

"왜."

"만약에 말이야. 그놈이랑 맞짱 뜨게 되더라도 기광이 형 진짜 괜찮겠지?"

민욱이 근심 어린 목소리로 나직이 물었다.

곧바로 혀를 끌끌 차는 소리와 함께 성제의 핀잔이 되돌아왔다.

"질문할 걸 해라. 상대가 기광이 형이다."

"그래도 그 새끼 주먹 하난 좆나게 셌잖아."

"야, 7층에서 떨어졌을 때도 파스 하나 붙이고 만 사람이야. 기광이 형은 씨발 좆나 타고난 철인이라고. 쓸데없는 걱정하지 마. 오히려 난 기광이 형이 자칫하다 그놈 골로 보낼까 봐 그게 걱정이다."

"그런가……. 아, 황성제. 너 근데 아까 나한테 초졸 새끼라 그랬지?"

"건 왜."

"3학년 1학기까지 다녔는데 내가 왜 초졸이야?"

"와, 병신아. 재밌냐? 중학교 졸업을 못했으니까 당연히 초졸이지."

"아, 그런 거야? 나 회사 들어올 때 이력서에 중졸이라고 썼는데 그럼 잘못 쓴 거야?"

"씨발, 진짜 돌아버리겠네."

성제가 벌겋게 달아오른 얼굴로 머리를 마구 뒤헝클더니 민욱을 등지고 돌아누웠다.

"벌써 자게?"

"너하고 얘기하니까 답답해서 속이 뒤집어지려고 해. 깝싸지 말고 잠이나 자."

"왜 이렇게 헷갈리지. 야, 그럼 고등학교에 입학을 해야 중졸이 되는 거야? 맞지?"

"아, 좀 제발 닥치라고!"

성제가 버럭 고함을 내질렀다.

맹장수술을 받고 옆 침대에 누워 있던 꼬마가 깜짝 놀라 울음을 터뜨리기 시작했다.

민욱이 험악한 얼굴로 지그시 웃으며 윙크를 건네자 꼬마는 맨발로 병실을 뛰쳐나갔다.

이계
마왕성

"후우, 다 치웠다."

마대자루 가득 쓰레기를 내놓은 채빈이 목장갑을 벗고 한껏 기지개를 켰다. 아침 일찍부터 아수라장이 된 재경의 가게를 정리하느라고 온몸이 땀으로 흥건했다.

"뭘 그렇게 빤히 보세요?"

채빈이 물었다. 세만은 한구석에 빗자루를 들고 서서 채빈의 얼굴을 몹시도 수상하다는 눈빛으로 바라보고 있었다.

"아무래도 이상한데……."

"또 그 흑인들 얘기예요? 진짜 모른다니깐 그러시네. 저같은 시골 촌놈이 무슨 수로 외국인들하고 알고 지내요? 영어도 한마디 못하는구만."

채빈의 항의에는 충분히 일리가 있었지만 세만은 좀처럼 석연치 않은 느낌을 지울 수가 없었다.

어제 갑자기 찾아왔던 흑인들은 대체 강도도 아니고 무엇이 목적이었을까.

그 흑인들은 그저 1시간 남짓 얌전히 앉아 있다가 세만의 핸드폰을 돌려주고는 휑하니 가버렸던 것이다.

깊이 생각할수록 세만은 머리가 지끈거릴 뿐이었다. 자신이야말로 채빈에게 물어보고 싶었다. 도대체 정체가 뭐냐고. 어디에서 뭘 하다가 왔느냐고.

'에라, 모르겠다.'

세만이 빗자루를 구석에 세워 놓고 채빈에게로 다가갔다.

살며시 어깨에 손을 올리자 채빈이 뚱한 얼굴로 돌아보며 다짜고짜 내질렀다.

"아 형, 진짜 아니라니까요!"

"괜찮아?"

"…네?"

"다친 데 없냐고."

세만이 물어볼 수 있는 건 그것뿐이었다.

멍해 있던 채빈이 이내 코를 한 번 찡긋거리더니 피식 웃었다.

세만도 따라 씁쓸하게 웃었다. 더 이상 오가는 대화는 없었고, 두 남자는 그것만으로 납득하고 말아버렸다.

"빨리 끝내고 점심 먹어야지. 뭐 먹을래? 중국집?"

"날도 더운데 간만에 냉콩국수 어때요."

"그럼 나는 칡냉면. 다대기 풀지 말고."

"알았어요. 어디가 맛있을까."

채빈이 휘파람을 불며 구석 탁자에 놓은 지역상가 전화번호부를 집어 들었다.

그때였다.

덜컹!

190cm에 가까운 장신의 사내가 가게 문을 열고 안으로 들어왔다. 채빈과 세만은 체격에 압도되어 순간 몸을 경직시켰다.

"무, 무슨 일이시죠?"

최근 가게에 안 좋은 일이 연달아 일어났기에 세만은 불쑥 그렇게 묻고 말았다.

사내는 심드렁한 얼굴로 세만을 내려다보며 느릿한 어조로 되물었다.

"분식집에 분식 먹으러 오지 달리 무슨 일이 있을까요?"

"아, 그러시구나. 하하……. 그런데 그게, 보시다시피 오늘은 대청소를 해야 해서 쉬게 됐습니다."

긴장이 풀린 세만이 어색하게 웃으며 대답했다.

사내는 바로 대답이 없었다. 무표정한 얼굴로 천천히 눈동자를 굴리고 있을 뿐이었다.

세만은 자신의 몸 여기저기를 훑는 사내의 시선을 느끼고 살며시 양 어깨를 움츠렸다.

'이 녀석은 아니야.'

속으로 결론을 내리는 사내는 다름 아닌 기광이었다. 동생 성제와 민욱에게 린치를 가한 자를 찾을 수 있을까 싶어 재경의 가게로 찾아와 본 참이었다.

기광이 거대한 몸을 뒤로 돌리고 이번엔 채빈에게로 눈길을 향했다.

채빈은 전화번호부를 한 손에 든 채 엉거주춤한 자세로 서서 기광에게 웃어 보이고 있었다.

'키는 비슷한가……'

성제와 민욱은 자신들을 공격한 자의 신장이 175㎝ 정도라고 말했다.

기광은 초점을 맞추듯이 두 눈을 가늘게 뜨고 채빈의 몸을 위아래로 훑어보았다.

"저기, 왜 그러시죠?"

비상식적인 사내의 시선을 느끼고 채빈이 나직이 물었다.

사실 채빈은 속으로 얼마간 느끼고 있었다.

눈앞의 이 거대한 사내는 어쩌면 워너머니의 직원일지도 모른다고 말이다.

"제 얼굴에 뭐 묻었습니까?"

기광의 시선이 계속되자 채빈이 약간 굳은 얼굴로 재차 물었다.

그럼에도 불구하고 기광은 줄기차게 채빈을 뚫어져라 바라보는 것이었다.

사태를 지켜보고 있는 세만은 뜻 모를 초조함으로 가슴을 졸이고 있었다.

"아니, 아무것도 아닙니다."

한참 만에 기광이 그렇게 말하며 눈에서 힘을 풀었다.

"옛날에 알던 동생과 너무 닮아서요. 실례했습니다."

말을 마치기가 무섭게 기광은 채빈을 지나쳐 출입문으로 향했다.

아무래도 의심이 지나쳤다는 생각이 들었다. 175cm 정도의 키를 가진 남자는 사방 천지에 널려 있었으니까.

게다가 채빈의 목소리는 성제와 민욱이 증언처럼 굵고 탁한 것과는 한참이나 거리가 멀었다.

'이놈들은 아니야. 대체 어떤 자식이지?'

기광은 답답한 가슴을 안고 문고리로 손을 뻗었다. 바로 그

엘리아 161

순간, 한 발 먼저 문이 안쪽으로 열리며 재경이 가게로 들어섰다.

기광은 미처 피하지 못하고 열린 문과 무릎을 부딪치고 말았다.

쿠웅!

"어머, 죄송해요! 괜찮으세요?"

재경이 어쩔 줄을 몰라 하며 기광에게 사과했다.

기광은 그다지 아픈 기색도 없이 고개만 살짝 까닥이고는 재경의 옆으로 몸을 비켜섰다.

그 와중에 재경의 얼굴이 또렷하게 기광의 시야 속으로 파고들었다.

'어?!'

기광의 두 눈이 한껏 확대되면서 광채가 일었다. 이 가게에 들어온 이후 처음으로 그의 얼굴에서 또렷한 감정이 드러난 참이었다.

놀라운 기색은 재경이 눈치를 채기 직전 사라졌다. 그리고 기광은 재빨리 문을 열고 가게를 나섰다.

"저, 저기……. 잠시만요!"

뒤늦게 재경이 기광을 부르며 길 앞으로 나섰다. 하지만 기광은 큰 키만큼이나 넓은 보폭의 걸음으로 벌써 사라지고 없었다.

재경은 두 눈을 동그랗게 뜨고서 기광을 삼킨 텅 빈 골목 쪽을 하염없이 바라보았다.

"누나, 왜 그래?"

"어디서 본 것 같은데……."

재경의 말에 채빈이 한쪽 눈두덩을 급격하게 찌푸렸다. 그 표정의 의미를 알아본 재경이 한 발 먼저 손사래를 치며 웃었다.

"아니야, 저런 사채업자는 한 번도 본 적 없어. 그냥 좀, 다른 데서 본 적이 있는 것 같은데 도통 기억이 안 나네."

재경이 고개를 갸우뚱거리며 가게로 들어왔다. 손에 든 장바구니 안에는 큼지막한 생닭 2마리가 담겨져 있었다. 채빈이 눈짓으로 가리키며 물었다.

"웬 닭이야?"

"힘들게 가게 정리까지 해주신 두 남정네 몸보신 좀 시켜드려야지. 백숙은 요전에 먹었으니까 오늘은 볶아서 먹자. 세만 씨 생각은 어때요?"

"저야 뭐가 됐든 감지덕지죠."

"누나, 그냥 집에서 며칠 쉬라니까."

채빈이 질책하듯 말했다. 성제와 민욱의 깽판으로 받은 충격이 아직 가시지 않았을 터였다.

재경은 대답 대신 씩씩하게 웃어 보이고는 생닭을 들고 주

엘리아 163

방으로 쏙 들어갔다.

"됐어. 빨리 마음 추슬렀으면 좋은 거지."

세만이 채빈의 어깨를 툭 치며 작게 말했다.

채빈은 아직 갈지 않아 금이 간 유리 너머로 재경을 바라보았다.

자신과 세만을 의식해서 필요 이상으로 활기차게 음식을 준비하는 모습에 채빈은 가슴이 시큰거리고 말았다.

세만의 말이 맞았다. 지난 상처는 시간이 지나면 아물게 될 것이고 그 위로 더욱 단단한 새살이 돋아날 것이다. 또다시 위험이 들이닥친다고 해도 상관없었다. 자신이 곁에서 지켜 주면 될 테니까.

채빈은 새삼스레 마음을 다잡고 재경을 도우러 주방으로 들어섰다.

평일이 다 지나고 주말 아침이 찾아왔다.

일정대로 채빈은 프라이어와 운디네에게 마나를 나눠주고 있었다.

두 정령은 차례차례 채빈의 심장 속으로 파고들어 가 소량만을 남기고 절반씩 균등하게 마나를 섭취했다.

슈우우우우욱!

"Lv.15가 되었습니다, 형님. 홀리 애로우와 홀리 이미지의 능력치가 상승했습니다."

"저도 마찬가지예요, 주인님. 저의 워터 스크린과 퓨리피케이션도 엄청나게 강해졌어요. 후훗."

"다행이네, 오늘은 드디어 올라서."

채빈이 그렇게 말하고는 못내 아쉽다는 기색으로 입맛을 다셨다.

두 정령의 레벨을 오늘 겨우 또 한 단계 올리기는 했지만 이번에도 역시 새로운 능력은 얻지 못한 모양이었다.

두 정령의 레벨이 높아지면서 2서클의 마나로도 슬슬 한계에 다다르고 있었다.

친화력 쪽으로는 더 이상 기대할 수 없었다. 이미 더는 오를 수 없을 정도로 한껏 충만해진 상태였으니까. 두 정령이 직접 밝힌 사실이었다.

"으음?!"

그때였다.

갑자기 운디네가 침음을 터뜨리며 제 머리를 한 손으로 부여잡는 것이 아닌가. 채빈이 드러누우려던 몸을 거두고 일어나 앉았다.

"왜 그래?"

"…새로운 비전이 생겨나려 하고 있어요."

운디네의 말이 끝나기가 무섭게 이번엔 프라이어가 두 눈을 지그시 감으며 말을 이었다.

"저도입니다, 형님. 지금 형태가 잡히고 있으니 잠시만 기다려 주십시오."

채빈은 기대감을 잔뜩 안고 조마조마한 심정으로 결과를 기다렸다.

잠시 후, 운디네와 프라이어가 약속이나 한 것처럼 동시에 채빈을 향해 팔을 뻗었다.

채빈의 머릿속으로 두 정령이 배운 비전이 떠오르고 있었다.

〈뷰 마나 포스(Lv.15)〉
―대상의 마나와 해당 속성을 감지한다. 매직 타깃과 병행하여 사용하면 효과가 증대된다.

〈워터 브리딩(Lv.15)〉
―대상에게 수중에서 호흡할 수 있는 능력을 부여한다.

"이, 이건 설마?!"

운디네의 워터 브리딩이 아니라 프라이어의 뷰 마나 포스 마법을 보고 터져 나온 탄성이었다.

칸체레 수도원의 가고일들을 상대할 수 있는 무기가 드디어 나와준 것일까?

"형님, 이제 그 몬스터들을 상대할 수 있습니다."

프라이어가 말했다. 그 옆에서 운디네는 샐쭉하니 입술을 내민 채 툴툴거리고 있었다. 채빈이 자신의 능력보다 프라이어의 능력을 더 반가워하자 속이 부글부글 끓고 있는 것이었다.

"운디네, 네 마법도 엄청 맘에 들어. 나중에 바다라도 나와봐. 난 수영도 잘 못하는데 네 마법 없으면 어떻게 견딜 수 있겠어?"

"흐음?"

채빈이 좋은 말로 살살 달랬지만 심통이 난 운디네의 표정은 쉽사리 풀리지 않았다.

프라이어가 둘 사이로 몸을 내밀며 말했다.

"우선 시험을 해봐야겠습니다, 형님."

"시험?"

"운디네에게 매직 타깃을 걸어주십시오."

"나를 시험에 사용하겠다는 거야?"

안 그래도 화가 머리끝까지 나 있던 운디네가 단박에 성난 얼굴로 따지고 들었다.

프라이어는 흔들림없는 담담한 눈빛으로 운디네를 바라볼 뿐이었다.

"…치잇, 해."

이내 운디네가 팔짱을 꿰고 자세를 고쳐 앉으며 말했다.

"너한테 시험을 당한다는 게 조금 불쾌했을 뿐이야. 얼른 하세요, 주인님."

"그래, 미안."

채빈이 프라이어 대신 사과하며 마나를 끌어올렸다.

슈우우욱!

운디네에게 매직 타깃이 걸렸다.

프라이어가 채빈이 건 매직 타깃을 따라 뷰 마나 포스를 시전했다.

운디네의 전신 위로 희미한 빛이 어리고 있었다.

"됐습니다, 형님. 속성이 보입니다!"

프라이어가 고조된 목소리로 말했다.

채빈은 그 즉시 자리를 박차고 일어나 서랍장 위의 가방을 집어 들었다. 비상식량으로 먹을 컵라면과 찬밥, 생수 한 통을 넣으며 채빈이 활기차게 소리쳤다.

"지금 당장 가자!"

어차피 던전을 공략하러 가야 할 주말인 데다가 싸울 준비마저 확실히 갖췄으니 망설일 이유는 어디에도 없었다. 두 정령도 이때를 기다렸다는 듯이 인간의 형태에서 탈피해 본래의 모습을 하고 있었다.

"괜찮은 보상이 나왔으면 좋겠는데 말이야."

지하 창고로 내려가면서 채빈이 들뜬 듯이 말했다.

운디네가 욕조째로 채빈의 어깨에 내려앉으며 물었다.

―이번엔 어떤 종류의 보상을 바라시는데요?

"바람이라……. 뭐가 됐든 돈벌이랑 연결될 수 있는 힘이라면 다 좋아. 아씨, 빨리 이 집 사버리고 싶다. 다른 사람들한테 들킬까 봐 불안해 죽겠네."

지금 칸체레 수도원 던전을 공략하려는 채빈의 강한 의지는 9할이 돈으로 이루어져 있었다. 다른 평범한 이들은 꿈도 꾸지 못할 6,000만 원의 수익을 매달 내고 있는데도 그랬다.

아직 집을 사지 못한 채빈은 한참 부족하기만 한 느낌이었다.

수박만 한 금덩이가 나왔으면, 마법력을 늘려 더 많은 소스를 만들 수 있었으면, 그래서 하루빨리 집이 내 손아귀에 들어오게 됐으면, 채빈은 부푼 기대를 안고 마왕성으로 가는 입구를 개방했다.

채빈이 사령검, 빅터 파우스트, 칸체레 수도원 지도를 챙겨 던전 관리소로 들어섰다. 그리고 이동 마법진을 활성화시켜 칸체레 수도원 던전으로 두 정령과 함께 진입했다.

슈우우욱!

지하 감옥 너머의 보상 공간 마법진이 나타났다. 채빈은 위층을 향해 벽면의 층계를 밟아 오르기 시작했다. 그리고 세 갈래의 거대한 회랑 중앙에 도달했다.

모든 것이 그대로였다.

까마득한 천장의 스테인드 글라스도, 피처럼 붉은 융단도, 바람에 흔들리는 샹들리에와 을씨년스럽게 불을 밝힌 은촛대도, 그리고 여전히 기분 나쁘기 짝이 없는 악마의 초상화까지.

"코스는 뭐 똑같지."

채빈이 지도를 보며 식당까지의 노선을 확인했다. 지도상의 회랑 곳곳에 새겨진 검은 표식을 피하는 유일무이한 노선을 이번에도 그대로 따를 참이었다.

채빈은 과수원과 축사 건물 사이의 회랑을 따라 걸었다. 한동안 그렇게 나아가자 갈색 문과 함께 그 양옆에 마주선 가고일 석상이 눈앞 멀리에 보였다.

채빈이 걸음을 멈추고 프라이어에게 물었다.

"지금은 어때? 속성이 뭔지 알겠어?"

─전혀 느껴지지 않습니다. 놈들이 깨어나지 않은 석상 상태이기 때문인지 뷰 마나 포스가 먹히지 않는데요.

"그럼 깨워야지."

채빈이 앞으로 나서려는 걸 프라이어가 제지했다.

─형님은 여기 계십시오. 제가 미끼가 되겠습니다.

프라이어가 홀리 이미지를 시전해 빛 덩어리 상태의 제 몸을 둘로 쪼갰다. 그 중 하나가 회랑을 가로지르며 나아가 두 가고일 석상의 머리를 빙그르르 선회했다.

쿠우우우웅!

반응은 곧바로 왔다.

진동과 함께 검게 변색된 두 석상이 살갗을 꿈틀거리며 움직이고 있었다.

프라이어의 목소리가 채빈의 뇌리를 울렸다.

―형님, 매직 타깃을!

"알았어!"

채빈이 두 가고일을 향해 매직 타깃을 걸었다. 그 사이에 완전히 변형을 끝낸 두 가고일이 날개를 퍼덕이며 허공 높이 날아오르고 있었다.

프라이어의 말이 다시금 들려왔다.

―다중속성을 가지고 있습니다. 왼쪽 녀석은 숲, 물, 바람, 불. 오른쪽 녀석은 빛, 전기, 땅, 바람.

"내가 어떡하면 되지?!"

―놈들에게 없는 속성으로 공격하십시오. 홀드와 같은 무속성 마법은 기본적으로 반사시키는 것 같으니 절대로 사용하지 마십시오. 제가 왼쪽 녀석을 맡겠습니다.

말이 끝나기가 무섭게 프라이어가 홀리 애로우를 만들어

냈다. 채빈도 공격을 가하기 위해 자신이 가진 두 공격마법의 속성을 재빨리 파악했다. 매직 애로우는 바람, 파이어 애로우는 불. 그렇다면 자신이 공격할 수 있는 표적은 오른쪽!

―파이어 애로우, 발동!

채빈이 마나를 끌어올리며 손을 뻗었다. 불꽃이 이글거리는 2서클의 붉은 화살이 눈앞에 생성되고 있었다. 가고일들의 붉은 두 눈이 타올랐다.

"끼요오오오오오!"

한껏 솟구쳐 오른 두 가고일이 채빈을 향해 치달아 내려왔다.

흉악하게 이빨을 빼물고 달려드는 가고일들의 면상을 향해 채빈은 완성된 파이어 애로우를 힘껏 내질렀다.

"죽어라!"

파아아아앙!

채빈의 파이어 애로우와 프라이어의 홀리 애로우가 동시에 쏘아져 나갔다.

두 가고일이 당황한 기색으로 하강을 멈추고 방향을 틀었다.

하지만 소용없었다. 화살은 매직 타깃이 걸려 있는 적을 놓치지 않았다.

이리저리 포물선을 그리며 득달같이 쫓아간 끝에, 두 화살은 기어이 혼비백산한 가고일의 몸뚱이를 무자비하게 관통해 버렸다.

콰지지지직!

"끼에에에에에에엑!"

가지지 않은 속성의 화살에 맞은 두 가고일이 허공에서 신랄한 비명을 뽑아냈다.

손톱으로 칠판을 긁어대는 듯한 비명에 채빈은 두 귀를 틀어막았다.

비명은 금세 그쳤다.

이내 두 가고일은 날개를 파닥거리며 마지막 힘을 다해 버티다가 끝내 맥없이 지상으로 추락했다.

쿠웅! 쿵!

요란한 소리와 함께 곤두박질을 친 두 가고일은 잠시 몸을 떤 끝에 숨이 끊겼다.

채빈은 조심조심 다가가 사령검으로 시체를 쿡쿡 찔러 보았다. 그리고 나서야 비로소 안심하여 가슴을 펴고 섰다.

"이렇게 간단해질 줄은 몰랐다. 속성을 감지할 수 있게 되니까 진짜 좆도 아니잖아."

채빈은 허탈함이 느껴질 정도였다. 이토록 간단히 해치울 수 있는 놈들이었다니.

이런 놈들에게 당해서 프라이어는 강제 소환되고 자신은

마왕성에서 치료할 정도로 큰 부상을 입었었단 말인가. 승리했음에도 불구하고 그 생각을 하자 화가 났다. 역시 밑천이 두둑하고 볼 일이었다.

―가져갈 만한 전리품은 아무것도 없네요.

운디네가 시체를 훑어보고 말했다. 채빈은 혀를 빼문 두 가고일의 시체의 등짝을 발로 걷어차 준 다음 그대로 지나쳐 갈색 문 앞으로 다가섰다.

끼이이익.

"됐어. 열린다."

문고리를 돌리자 문이 쉽게 열렸다.

열린 문 앞은 벽으로 막혀 있었다. 그리고 좌우 양옆으로 긴 회랑이 이어지고 있었다.

채빈은 지도를 보고 자신이 가야 할 방향이 왼쪽이라는 점을 확인했다.

"이쪽으로 좀 가다가 처음 나오는 길목에서 오른쪽으로. 거기서 식당 문이 나올 때까지 직진……."

그렇게 중얼거리면서도 채빈은 걸음을 멈추지 않았다. 운디네는 길을 잘못 드는 것은 아닌지 걱정하는 눈빛으로 채빈의 어깨 위에서 지도를 들여다보고 있었다.

길을 꺾는 지점에서 가고일 석상이 또 한 차례 나타났다.

조금 전 두 가고일을 간단히 해치운 채빈은 더 이상 당황하지 않았다. 프라이어가 날아가 그들을 깨웠다. 뒤이어 채빈이 건 매직 타깃을 따라 뷰 마나 포스가 시전되었다.

―형님. 왼쪽은 불, 바람, 빛, 전기. 오른쪽 녀석은 빛, 전기, 불, 땅입니다.

"그래? 운디네의 손길이 필요할 때네."

채빈이 짊어지고 있던 빅터 파우스트를 두 손으로 받쳐 들고 운디네를 올려다보았다.

운디네가 싱긋 웃으며 빅터 파우스트 속으로 깃들었다. 채빈은 날갯짓을 하며 날아오르려는 두 가고일을 겨누고 빅터 파우스트의 발포 버튼을 꾹 눌렀다.

퍼어어어어엉!

마나의 폭발과 함께 푸른빛의 정령파동포가 발사되었다. 아직 변신을 채 끝나지 못해 하반신이 석상 상태였던 두 가고일은 직격으로 파동포를 받아들였다.

콰아아아아앙!

이번에는 비명조차 없었다. 두터운 정령파동포는 한 방으로 두 가고일을 휘감아 으깨 버리고 말았다. 말 그대로 산산조각이 난 가고일의 몸뚱이가 사방팔방의 벽에 처박히고 바닥 위를 나뒹굴었다.

채빈은 시체들을 피해 조심조심 발을 옮겨 회랑을 통과했다. 그리고 100여 걸음을 못가 드디어 목표로 삼았던 식당에

도착할 수 있었다.

"여기가 식당 맞지?"

채빈이 문 앞에 멈춰 서서 한 번 더 지도를 확인했다. 식당이건 축사든 예배당이든 정원이든 바깥에서 보기엔 모두 벽으로 둘러싸인 똑같은 모습이었다.

문을 열고 들어가기 전에는 내부의 생김새를 짐작할 수 없는 것이다.

채빈은 운디네와 프라이어에게도 지도를 보여주고 식당이 맞다는 확신을 얻은 다음 식당의 문을 조심스레 열었다.

끼이이익.

어둠에 휩싸인 식당의 전경이 모습을 드러내고 있었다.

회랑보다도 어두운 곳이었다.

100여 평은 족히 되는 드넓은 식당의 저 너머에 겨우 몇 개의 촛불이 빛을 밝히고 있었다. 중앙에는 세로로 길쭉한 식탁이 자리하고 있었다. 20여 개의 의자가 테이블의 외곽을 따라 줄을 지어 늘어서 있었다.

채빈이 식탁으로 가까이 다가갔다.

하얀 식탁보의 군데군데 검붉은 얼룩이 묻어 있었다. 두 눈이 어지럽게 놓여 있는 식기들 위에는 얼마나 오래됐는지 종류와 형체를 알아볼 수조차 없는 음식들이 말라붙어 있었다. 보고 있노라니 채빈은 등골이 서늘해질 정도로 으스스함을 느꼈다.

그때였다.

쿵.

느닷없이 식당 어딘가에서 소리가 났다. 채빈은 모골이 송연해져 빅터 파우스트를 겨누며 그 즉시 돌아섰다. 아무도 없는 식당인 줄 알았는데 괴물이 숨어 있었던 것일까.

"프라이어, 빛을 밝혀줘."

프라이어가 식당 중앙의 허공으로 솟구쳐 올라가 빛을 폭발시켰다. 순식간에 식당 전체가 대낮처럼 환해졌다. 이제까지 보이지 않던 살풍경한 식당의 모습이 채빈의 시야에 차례차례 들어오고 있었다.

'우욱!'

백골이 되어 곳곳에 나뒹굴고 있는 시체가 가장 먼저 눈에 밟혔다. 찍찍거리는 소리를 내며 벽면을 따라 움직이는 팔뚝만 한 시궁쥐들도 보였다.

게다가 천장은 도대체 얼마나 큰 거미가 쳐 놓은 건지 알 수 없을 만큼 굵고 거대한 거미줄이 장악하고 있었다.

채빈의 눈동자는 계속 굴러가 드디어 탁자 저편의 개수대로 향했다. 반쯤 썩은 나무 개수대 측면의 바닥으로 작은 맨발이 보였다. 부르트고 지저분한 두 맨발은 부들부들 떨리고 있었다.

허공에 부유하고 있던 프라이어가 개수대 위를 슬쩍 선회하더니 채빈에게 말했다.

―형님, 몬스터가 아닙니다. 인간인데요.

"뭐?!"

채빈은 엄청나게 놀랐다. 마왕성과 연결된 던전에서 자신과 같은 인간을 만나게 될 줄은 꿈에도 예상하지 못했다.

―젊은 여자입니다. 건강 상태가 좋지 않아 보입니다. 겁을 먹었는지 몹시 떨고 있어요.

채빈이 정신을 퍼뜩 차리고 개수대 쪽으로 달려갔다. 프라이어의 설명대로였다. 푸석해진 금발을 늘어뜨린 한 여자가 세운 양 무릎을 껴안은 채 겁에 질려 있었다.

채빈이 조심스럽게 손을 뻗으며 말을 걸었다.

"저, 저기요."

"아아아아아아악!"

여자가 고개를 쳐들고 비명을 질러댔다. 일순 피골이 상접한 얼굴이 드러났다.

허우적거리는 두 팔이 한겨울의 잔가지처럼 앙상하기 짝이 없었다.

"괜찮아요, 괜찮아요. 저는 괴물이 아니니까 무서워하지 마세요."

채빈이 그녀의 두 팔목을 잡고 침착하게 말을 걸며 진정시키려 애를 썼다.

 여자는 팔목을 잡힌 채로 계속 몸을 버둥거렸다. 그런데 그 몸부림마저도 힘이 너무 없었다.

 사람이 얼마나 먹지 못했기에 이렇게까지 되었을까. 이 여자가 어쩌다 이런 상황에 처하게 된 것인지 확실한 사연을 알기에 앞서 채빈은 눈물이 핑 도는 걸 주체할 수가 없었다.

 '아차. 말을 못 알아듣지.'

 여태껏 한국어로 말하고 있었다. 채빈은 아직도 한사코 몸을 뒤틀고 있는 여자에게 일말의 기대를 품고 마게 공용어로 말을 걸어 보았다.

 "저기요. 혹시 이 말은 알아들으실 수 있겠어요?"

 안타깝게도 여자는 알아듣지 못하는지 특별한 반응을 보이지 않았다.

 채빈이 여자의 팔목을 놓아주고 한숨을 내리쉬었다. 아마도 이 던전이 속한 세계인 로쿨룸 대륙의 언어가 있어야 할 듯했다.

 "<u>흐으으으……! 흐으으……!</u>"

 채빈이 알아들을 수 있는 건 신음뿐이었다.

 여자는 내내 채빈을 경계하며 개수대의 더욱 구석진 곳으로 제 몸을 들이밀고 있었다.

착잡한 심정으로 바라보던 채빈은 불현듯 챙겨온 비상식량을 떠올리고 가방의 지퍼를 열었다.
"저기, 이거 컵라면이라는 건데 무진장 맛있거든요? 배가 많이 고프실 텐데 이거라도 드릴게요. 잠시만요."
채빈이 컵라면의 포장을 뜯고 스프를 찢어 안에 부었다. 그런 다음 생수 뚜껑을 따 차가운 물을 콸콸 부었다.
"운디네. 물 온도 좀 올려줘."
―네, 주인님.
그 즉시 컵라면이 부글부글 끓어올랐다. 라면 특유의 고소하고 자극적인 향취가 김과 함께 모락모락 피어올랐다.
여자가 본능적으로 반응을 보였다. 몸을 흠칫 떠는가 싶더니, 아랫배에서 꼬르륵 소리가 울리고 있었다.
"금방 익었네."
채빈이 나무젓가락을 꺼내 둘로 쪼갠 다음 컵라면과 함께 여자에게 조심스레 밀어주며 말했다.
"드세요. 이제 다 익었어요. 이 나라에서도 젓가락을 쓰는지는 모르겠는데… 좀 불편해도 포크는 없으니 이해해 주시고요."
비록 언어는 알아듣지 못하지만 마음만이라도 올곧게 전해지기를 바라며 채빈은 연거푸 말을 붙이고 있었다.
그 노력이 통했던 것일까. 아니면 여자가 라면의 냄새에 더는 허기를 참지 못해서였을까. 비로소 여자가 살며시 이쪽으로 눈길을 주기 시작했다.

"그래요, 이상한 거 아니에요. 자, 얼른 드세요."

채빈이 손짓을 하면서 거듭 권했다. 여자는 몇 번이나 라면과 채빈의 얼굴을 번갈아 살펴보고는, 목울대가 울리도록 침을 꿀꺽 삼키며 컵라면으로 손을 뻗었다.

여자는 역시 젓가락의 사용법을 모르는 듯했다. 무릎을 꿇은 채 젓가락을 양손에 하나씩 쥐고는 라면을 퍼 제 입으로 가져갔다. 그리고 한동안 우물거린 끝에 두 눈을 부릅떴다.

후루룩! 후루룩!

일단 맛을 확인하자 여자는 진공청소기처럼 면발을 흡입하기 시작했다. 얼마나 배가 고팠는지 제법 뜨거운 라면인데도 거침이 없었다.

채빈은 혀라도 데일까 걱정스러워 생수를 내밀었지만 여자는 거들떠보지도 않고 부지런히 라면만 먹어댔다.

"아, 맞다. 밥도 있는데 이것도 드시지."

채빈이 찬밥을 꺼내 내밀었다. 이제 의심이 완전히 풀렸는지 여자는 고맙다는 기색으로 고개를 숙여 보이고는 찬밥을 받았다.

채빈이 가르쳐 주지도 않았는데 여자는 컵라면에 밥을 말더니 통째로 들고 마시듯이 퍼먹었다.

"후우우······!"

여자는 순식간에 컵라면과 한 공기 양의 찬밥을 먹어치우고 만족스런 숨을 길게 내쉬었다.

고개를 젖히고 드러난 얼굴에는 조금 전까지만 해도 없었던 생기가 나타나고 있었다. 맑고 큰 두 눈을 가진 미인이었다.

"으음······."

여자가 양손으로 깍지를 끼고 우물쭈물했다. 채빈이 의아한 시선으로 바라보고 있자 이내 그녀는 손가락으로 자신의 턱 끝을 가리키며 입을 열었다.

"엘리아."

"엘리아? 아하··· 아가씨 이름이 엘리아?"

채빈이 손가락으로 가리키며 되물었다.

엘리아가 기쁜 듯이 웃으며 힘차게 고개를 끄덕였다.

"저는 채빈이요, 채빈."

"채빈?"

"네, 채빈."

"채빈, 엘리아, 채빈, 엘리아."

엘리아가 손가락으로 채빈과 자신을 번갈아 가리키며 반복해서 말했다.

채빈은 드디어 마음이 통했다는 기쁨으로 활짝 웃으며 연신 고개를 끄덕여 보였다.

'이제 다음 단계로 넘어가야 할 텐데.'

의심은 해소됐으니 사정을 파악해야 할 차례였다. 이 던전의 목적은 무엇인지, 그리고 이 엘리아라는 여자는 왜 이런 곳에 들어와 굶어 죽어가고 있었는지 전반적인 사정을 알아야 했다.

이제 겨우 서로의 짧은 이름만 알아들 수 있게 된 상황이었다.

부족하기 짝이 없는 이 의사소통 능력으로는 더 많은 정보를 교류할 수가 없었다. 채빈은 답답한 기분으로 엄지손톱을 깨물었다.

"아아……."

엘리아가 채빈의 손에 쥐어진 지도를 가리켰다. 채빈은 혹시 뭔가를 아나 싶은 마음에 즉시 그녀에게 지도를 건넸다.

지도는 마계 공용어로 되어 있었기에 채빈은 직접 식당을 가리키며 그녀에게 설명을 했다.

"지금 여기가 여기, 우리가 있는 곳."

채빈이 지도와 식당의 바닥을 번갈아 가리키자 엘리아는 금세 알아듣고 고개를 끄덕여 보였다.

그녀는 채빈의 눈앞으로 지도를 가져가더니 손가락 끝으로 고해실을 톡톡 쳐 보였다.

"고해실? 여기가 뭔데?"

엘리아가 자리에서 일어나 제자리에서 통통 뛰더니 환호하듯 두 손을 치켜들고 활짝 웃었다. 채빈이 뒤따라 일어서서는 똑같이 제자리 뛰기를 해보았다.

"출구라는 얘기지? 나가는 길이지?"

엘리아가 고갯짓을 했다. 그러더니 다시 지도를 펼쳐 채빈의 두 손에 쥐어주고 고해실 옆의 거대한 예배당을 가리켰다.

"예배당? 여기는 또 왜?"

엘리아가 무엇인가를 쥐고 있다는 느낌으로 손을 오므렸다. 그 손을 어깨 위로 든 채 한 손으로는 지도의 고해실을 가리키며 뛰는 시늉을 해보였다.

마지막으로 그녀가 오므린 손으로 자물쇠를 여는 무언극까지 마친 직후, 채빈은 탄성과 함께 손가락을 튕겼다.

"아아! 이제 알겠어. 고해실이 탈출구이긴 한데 열쇠를 예배당에서 구하라는 거지? 프라이어, 운디네. 너희들이 보기엔 어떤 거 같아?"

―제 생각에도 그런 것 같습니다, 형님.

―저두요, 주인님. 아가씨가 무언극에 일가견이 있네요.

"그럼 당장 가자. 던전 공략도 좋지만 이 아가씨부터 출구로 내보내 줘야지."

채빈이 내려놓았던 가방을 들고 일어섰다. 그런데, 엘리아가 눈앞을 가로막으며 근심스런 표정으로 고개를 가로젓는 것이었다.

"아직 더 해줄 얘기가 있어?"

엘리아가 두 손을 머리 위로 올려 거대한 원을 그리며 과장되게 놀란 얼굴을 해보였다. 채빈의 머리 위를 빙빙 돌며 프라이어가 말했다.

—아주 강력한 몬스터가 있다는 뜻 아닐까요.

"뭐?"

—맞아요, 주인님. 생각해 보면 그렇잖아요. 간단히 열쇠를 구해 문을 열고 나갈 수 있었다면 왜 이런 곳에서 굶고 있었겠어요?

충분히 들어맞는 얘기다. 채빈은 기도하듯 두 손을 모아 제 코를 감싸고 신음 아닌 신음을 흘렸다.

아주 강력한 몬스터라면 어느 정도의 수준을 말하는 것일까.

"이 던전 난이도가 별 몇 개였더라."

—1구역 1개, 2구역 2개, 3구역 3개였습니다.

"예배당은 2구역일까? 3구역일까?"

—아마도 2구역이겠지요. 지하 감옥 이후로 다음 보상공간

과 이동 마법진이 나오지 않은 상태니까요.

"너희들 생각은 어때?"

―별 문제는 없으리라 판단됩니다. 이 난이도에서 속성반사 이상의 강력한 기술을 보유한 적이 나올 거라고 생각되지는 않습니다.

신중한 프라이어가 별 고민도 하지 않고 즉각 대답했다. 채빈은 거기에서 용기를 얻고 가방을 등에 짊어졌다.

"여기서 기다리고 있어. 금세 다녀올 테니까."

채빈이 엘리아를 등지고 출구 쪽으로 돌아섰다. 걸어가던 도중 힐끗 돌아보니 엘리아는 두 눈을 감은 채 가슴 앞으로 두 손을 모아 기도하고 있었다.

예배당 입구는 고해실과 면한 회랑 한가운데 자리하고 있었다.

가는 길에 두 차례 가고일 석상과 만났지만 전투가 아니라 거의 일방적인 사냥에 가까웠다. 채빈과 두 정령은 별일없이 예배당 입구에 도착할 수 있었다.

"이게 무슨 소리지?"

예배당 안에서부터 오르간의 연주음이 새어 나오고 있었다. 몹시 투박하고 거친 연주였다.

틈틈이 끽끽거리며 페달을 밟는 소리까지 뒤섞여 가만히 듣고 있기조차 버거울 정도였다.

─안에 누가 있나 봐요.

─음험한 마나가 많이 느껴집니다, 형님.

두 정령이 저마다 말을 보탰다. 채빈은 살며시 양 문을 밀어 문 사이로 틈을 만들고 눈을 들이밀었다.

'뭐야, 여긴?'

길고 넓은 예배당 끝 중앙에 놓인 단상이 먼저 보였다.

검은 로브를 머리부터 뒤집어 쓴 자가 벽면을 가득 채운 핏빛 스테인드글라스를 등지고 단상 앞에 서 있었다.

그 측면으로 파이프들이 넝쿨처럼 서로 뒤엉켜 올라가 있는 오르간이 놓여 있었다. 연주자는 인간 형태의 해골이었다.

'둘뿐이잖아.'

일단 크게 겁이 나지는 않았다. 채빈은 소리가 나지 않도록 조심스레 문을 열고 안으로 몸을 들이밀었다. 검은 로브도 해골 연주자도 별반 반응을 보이지 않았다.

채빈은 천천히 예배당을 가로질러 단상 쪽으로 다가갔다.

그때였다.

쫘아앙!

"헉!"

갑자기 파이프 오르간을 연주하던 해골이 건반을 두 손으로 내려쳤다. 그와 동시에 등 뒤에서 철컥, 하고 자물쇠 걸리는 금속음이 울렸다. 채빈은 본능적으로 문이 잠겨 버렸음을 직감했다.

단상의 검은 로브가 옷자락을 펄럭이며 두 팔을 치켜들었다.

그는 알아들을 수 없는 주문을 지껄이며 손가락 끝으로 허공에 무엇인가를 그려냈다.

곧이어 예배당 곳곳에 산재한 어둠속에서 기이한 존재들이 흐느적흐느적 흘러나오기 시작했다.

"저, 저게 뭐지?"

채빈은 오한이 이는 것을 느끼며 뒷걸음질쳤다.

오래된 넝마처럼 흐느적거리며 날아드는 반투명한 존재들이 셀 수도 없을 만큼 꾸역꾸역 어둠에서부터 밀려 나오고 있었다.

채빈의 눈에 그것들은 마치 영화에서나 보았던 유령처럼 비춰지고 있었다. 그리고 그 추측은 맞았다. 처음 맞닥뜨리는 상황이라 채빈이 몰랐을 뿐, 그들은 실체가 없는 몬스터 레이스들이었다.

예배당의 어둠은 족히 30마리의 레이스를 내보냈다. 검은 로브가 허공을 향해 뻗었던 두 팔을 거둬들였다.

그것이 신호인 양 잠시 쉬고 있던 해골 연주자가 파이프 오르간을 두드리며 엉망진창의 연주를 재개하고 있었다. 운디네가 욕조 속에서 두 귀를 막고 칭얼거렸다.

―아우, 듣기 싫어……!

사실 그런 점을 불평하고 앉아 있을 계제가 아니었다. 허공을 흐느적거리며 노닐던 레이스들이 시시각각 채빈을 향해 다가오고 있었다.

"엇!"

가까이 다가든 레이스 하나가 돌연 둥그렇게 제 몸을 똘똘 뭉쳤다. 레이스는 몸 전체를 부글부글 끓는 듯이 실룩이더니 갑작스레 마나를 폭발시켰다.

파아아아앙!

폭발음과 함께 레이스가 뱉어낸 응축된 마나 덩어리가 채빈을 향해 날아들었다.

채빈이 실드 마법을 발동시키려는 순간 프라이어가 한 발 먼저 홀리 애로우를 발사하며 맞섰다.

퍼어어어엉!

상극의 마나가 허공에서 부딪쳐 폭발했다.

프라이어가 그 틈을 타 홀리 이미지를 시전했다.

12개가 된 빛의 덩어리 전부 홀리 애로우를 시전하면서 프라이어가 말했다.

―이놈들의 속성은 어둠이고 반사도 없습니다. 제가 상대

하겠으니 형님께서는 만일의 사태에 대비해 시그너스 아머를 장착하십시오.

말하는 동시에 12명의 프라이어가 레이스들을 향해 홀리 애로우를 마구 쏘아 보냈다. 그러자 레이스들도 동시다발적으로 제 몸을 똘똘 뭉치며 마구잡이로 공격을 가하기 시작했다.

퍼어어엉! 펑펑! 퍼어엉!

분전 속에서 마나가 연신 폭발하고 있었다.

레이스들도 쉽사리 밀려날 기색이 아니었다.

한 발 한 발 공격속도는 프라이어보다 느렸지만 개체 수에서 압도적이었다.

시그너스 아머를 착용한 채빈이 사령검을 뽑아 들었다.

"나도 도울게!"

—마나로 공격해야 합니다, 형님!

"뭐? 애들도?"

물리적 공격이 먹히지 않는 건 레이스들도 가고일과 매한가지였던 것이다.

채빈은 별수없이 사령검을 거두고 빅터 파우스트를 허공에 겨누었다.

운디네가 다가와 워터 스크린을 펼쳐 혹시 모를 공격으로부터 채빈을 막아주었다.

"죽어라!"

퍼어어어엉!

파동포에 맞은 레이스가 단상 쪽으로 맥없이 밀려 나갔다.

속성이 없다 보니 프라이어의 홀리 애로우보다 위력은 약했지만 어쨌든 효과는 있었다.

채빈은 허공에 수두룩한 레이스들에게 매직 타깃을 걸고 충전이 되는 족족 파동포를 연달아 날렸다.

퍼어어엉! 펑!

퍼퍼펑!

채빈이 빅터 파우스트로 힘을 합치자 조금씩 승세가 보였다.

레이스들은 슬금슬금 밀려 나는가 싶더니 그 숫자도 15마리로 절반 이상 줄어든 채였다.

그때였다.

꽈아아아앙!

해골 연주자가 또 한 차례 건반을 세차게 내리찍으며 굉음을 일으켰다.

뒤이어 지금까지보다 빠른 박자의 곡이 연주되기 시작했다. 발가락으로 연주하는 것 같은 엉망진창의 곡에 맞춰 검은 로브가 두 팔을 들었다.

―어머, 주인님! 쟤들 또 무더기로 나와요!

"뭐라고?!"

검은 로브의 손가락이 그려내는 방향의 어둠에서 레이스들이 추가로 흘러나오고 있었다.

레이스들은 순식간에 예배당의 허공 전역을 장악했다. 이내 채빈 일행을 둥그렇게 에워싸듯이 포진해서는 앞 다투어 몸을 들썩이며 어둠의 마나를 발포하기 시작했다.

퍼어어엉! 펑펑!

퍼어엉!

"우와아아앗!"

프라이어의 마나가 급격하게 떨어지고 있었다.

급기야 12명이었던 홀리 이미지가 9명으로 줄어들었다.

운디네가 워터 스크린의 효율을 극한까지 올리며 프라이어에게 말했다.

―잠깐 쉬어!

―고맙지만 그러다가는……!

이대로 가다간 당하고 만다는 말까지는 하지 못하는 프라이어였다.

채빈은 이를 빠드득 갈며 파이프 오르간을 연주하는 해골을 노려보았다.

아무래도 저 자식이 가장 수상하기 짝이 없었다. 그리고 사실 여부를 다 떠나서 이 괴상하게 계속되는 연주가 짜증스러워 버틸 수가 없었다.

채빈이 매직 타깃을 걸며 소리쳤다.

"프라이어! 저놈의 속성을 봐봐! 아무리 생각해도 저 새끼 오르간 연주에 뭔가 있는 것 같아!"

―알겠습니다!

프라이어가 명령에 따라 뷰 마나 포스를 시전했다.

해골 연주자의 두개골 가운데에 마나의 빛이 어렸다.

―모든 속성반사입니다, 형님!

"아니 그럼 어쩌라고?!"

―물리! 물리 공격을 하십시오!

그것 참 듣던 중 반가운 소리였다.

채빈이 드디어 개시를 하게 된 사령검을 높이 뽑아 들고 일어섰다. 망할 놈의 해골 같으니. 입에 건반을 물린 채로 뒤통수를 찍어버리겠다.

"운디네! 따라오면서 엄호 좀!"

―네, 주인님! 걱정 마시고 달려요!

파바바바바밧!

채빈이 파이프 오르간을 향해 직선으로 내달렸다.

운디네가 워터 스크린을 유지시킨 채로 그 뒤를 바짝 따라붙었다.

"야!"

해골 연주자가 연주를 하다 말고 뒤를 돌아보았다.

코앞까지 다다른 채빈이 머리 높이 사령검을 치켜들고 있었다.

"바이엘부터 다시 배우고 와라, 골빈 새끼야!"

빠가가각!

"궤에에에엑!"

내공 실린 사령검이 해골의 정수리를 둘로 갈라 버렸다. 그런데 두개골이 반으로 갈라진 상태로도 해골은 연주를 계속하면서 채빈의 울화통을 터지게 만들고 있었다.

"세상에 너 같은 재능박약한테 오르간 연주를 맡긴 찐따가 누군지도 모르겠고! 날은 더운데 기분은 좆같고! 너 오늘 뒈졌어!"

채빈이 소리치며 사령검을 고쳐 잡았다.

무자비한 삼재검법의 초식이 사령검의 예리한 날을 타고 펼쳐지기 시작했다.

"회두망월! 한망충소! 이산도해!"

"궤에에에엑! 궤에에엑!"

채빈이 사령검을 휘두르며 해골 연주자를 마구 베었다.

난무하는 검기 속에서 해골 연주자가 선 끊어진 마리오네트 인형처럼 춤을 추었다.

검에 베인 뼈마디 곳곳이 갈라지면서 해골 연주자의 온몸이 넝마처럼 너덜너덜해지고 있었다.

"그어어어어어……!"

털썩!

거의 20여 초를 신나게 베이고 난 해골 연주자가 더는 버티지 못하고 그 바닥에 고꾸라졌다.

프라이어와 운디네의 외침이 약속이나 한 것처럼 동시에 뇌리를 울렸다.

―됐습니다, 형님!

―놈들이 물러가고 있어요!

"나이스! 이제 한 놈 남았지! 이놈 속성 좀 봐봐!"

채빈이 사령검을 겨누고 돌아섰다.

눈앞의 단상 옆에 검은 로브가 우두커니 있었다. 검은 로브의 머리 위로 프라이어가 시전한 뷰 마나 포스의 빛이 살포시 어렸다.

―똑같습니다! 모든 속성반사예요! 앗, 근데!

쿠우우우우우웅!

프라이어의 설명이 끝나기도 전에 검은 로브가 거칠게 마나를 뿜어냈다.

기어코 폭발하기 직전의 화산처럼 몸을 움찔거리며 한껏 형태를 부풀리고 있었다.

―마, 마나 폭발이야! 주인님, 실드를 치세요!

검은 로브와의 간격은 불과 5미터 남짓.

도망치기에는 이미 늦었다는 걸 채빈은 직감했다.

실드 마법을 쳐도 완전히 방어하기란 어려울 듯했다. 운디네가 저토록 난리를 치는 것을 보니 짐작할 수 있었다.

바로 그 순간.

하나의 비전이 채빈의 뇌리를 스쳐갔다.

습득한 이래 지금까지 단 한 번도 사용하지 않았던 4등급의 무공.

최소 1갑자의 내공을 보유해야만 무리없이 사용할 수 있는 무공. 그래서 지금의 자신으로서는 버거운 무공.

모 아니면 도였다. 실드 마법으로 방어하다가 다치든 먼저 치고 다치든 뭐가 다르단 말인가.

채빈은 고민을 그만두었다. 단 한 방의 승부를 위해 10년 내공을 모조리 끌어올리며 자세를 낮췄다.

"우우우웁!"

두 다리 가득 넘치는 힘을 자각한 찰나.

채빈은 응축된 내공을 양발 끝으로 격발시켰다.

―황도백양각!

콰콰콰콰콰콰콰콰쾅!

주위를 아우른 공기가 한꺼번에 폭발을 일으켰다.

굉음 속에서 채빈이 왼발을 쭉 뻗은 날아차기 자세로 공기를 가르며 돌진하고 있었다.

빠카카캉!!

"그어어어어억!"

채빈의 발끝이 검은 로브의 몸 한가운데를 관통했다.

후드가 벗겨지면서 숨어 있던 해골이 모습을 드러냈다. 황도백양각에 의해 으스러진 가슴뼈와 갈비뼈가 산산이 부서져 조각을 흩뿌리고 있었다.

쿠우우웅!

해골을 박살 내고 그 너머로 날아가던 채빈이 도중에 힘을 잃고 바닥으로 곤두박질쳤다. 채빈은 아랫배를 부여잡은 채 위아래 이를 딱딱 맞부딪치다가 왈칵 핏물을 토해내고 말았다.

"아으으으……. 아이고, 배야. 나 죽는다……!"

내상을 입고 각혈까지 하게 될 줄이야.

역시 10년 내공으로 구사하기에는 너무나도 엄청난 무공이었다. 눈앞이 어질어질하고 온몸이 보리타작을 당한 것처럼 아팠다.

―주인님, 괜찮으세요?!

운디네가 사색이 되어 욕조를 타고 날아왔다.

채빈은 핏물로 번들거리는 입술에 미소를 지으며 손으로 V

사인까지 해보였다.

"크으으… 괜찮아. 봐, 폭발은 막았지?"

—차라리 그냥 실드를 치지! 그렇게 엄청난 마나 폭발은 아니었단 말이에요. 최소한 이것보단 덜 다쳤을 텐데.

"네가 너무 놀란 목소리로 말하길래 실드로도 못 막을 만큼 센 녀석인가 했지. 맞을 바엔 먼저 치는 게 나을 것 같았어."

채빈이 웃으며 벌러덩 드러누웠다. 온몸이 들썩이도록 거친 숨을 몰아쉬며 천장을 바라보고 있노라니 점차 예배당이 환해지는 것을 느낄 수 있었다.

—아앗, 형님! 여기 열쇠가 있어요!

프라이어가 빛을 번쩍이며 말했다.

채빈이 아픈 몸을 끌고 끙끙거리며 일어섰다.

단상 뒤의 검은 로브가 있었던 자리에 작은 청동 열쇠가 떨어져 있었다. 엘리아가 무언극으로 설명한 고해실 열쇠가 틀림없었다.

"크으윽……. 득템. 퀘스트 완료."

채빈이 청동 열쇠를 챙겨 이를 악물고 비틀비틀 일어섰다. 빨리 고해실을 열고 엘리아를 구해준 뒤 마왕성으로 돌아가 몸을 치료해야만 했다.

"어, 왔어?"

예배당 입구 앞에 엘리아가 서 있었다. 때가 잔뜩 묻은 지저분한 얼굴로 두 눈에서 눈물을 글썽이고 있었다.

"왜 그래?"

채빈이 묻자 엘리아는 대답 대신 자신이 입은 옷을 이리저리 살펴보았다.

그런 끝에 그나마 덜 지저분한 망토의 한 부분을 잡고 깨끗하게 털더니 채빈의 입으로 가져가 핏물을 닦아주었다.

"아……. 고마워."

채빈이 어색하게 뒷머리를 긁적이며 말했다. 엘리아는 채빈의 말뜻을 이해했다는 듯이 눈물 젖은 두 눈으로 웃으며 고개를 까딱 숙여보였다.

─그만 가시죠, 주인님. 여기서 사실 건가요?

등 뒤에서 운디네가 쏘듯이 내뱉었다. 채빈은 엘리아에게 나가자는 손짓을 해 보인 뒤 함께 고해실로 향했다.

철컥!

청동열쇠가 고해실의 자물쇠를 해제시켰다. 채빈은 열쇠를 뽑아내고 엘리아와 함께 문을 힘껏 열어젖혔다. 그리고 눈앞에 나타난 광경 앞에서 얼어붙었다.

'맙소사……!'

눈앞의 공간은 Y자 형태의 두 갈래로 나뉘어져 있었다.

왼쪽은 다 부서지고 뜯겨져 나간 채 지상으로 이어진 사다리가 놓여 있는 고해실이었다. 그리고 오른쪽은 상자와 이동 마법진이 놓여 있는 보상공간이었다.

―어떡하죠, 주인님? 마왕성의 존재를 다른 이에게 들키게 된 거 아니에요?

운디네의 상기된 목소리가 머릿속에 울렸다.

채빈은 창백해진 낯빛으로 고개를 떨어뜨렸다. 엘리아는 이 로쿨룸 대륙에 사는 주민일 터였다.

그런 그녀에게 마왕성과 연결된 자신만의 비밀을 들킨 상황이었다.

엘리아가 좋은 사람인가 나쁜 사람인가 여부와는 관계없이 채빈은 몹시 당혹스러웠다.

그런데 불현듯 채빈은 기이함을 느꼈다. 엘리아는 보상 공간 쪽에는 눈조차 주지 않았다. 곧바로 왼쪽의 고해실로 가서는 채빈에게 손을 까딱거리며 오라는 시늉을 하고 있을 뿐이었다.

―쟤 이상한 애네요, 주인님. 장님인가?

―아니, 내 생각은 좀 달라. 보상공간은 어쩌면 형님에게만 보이는 다른 영역의 특별한 장소일지도 몰라.

―그럼 너랑 나한테는 왜 보여?

―우리는 형님께 귀속된 정령이니까 그렇겠지.

"으음……."

프라이어의 추측에 일리가 있다고 채빈은 생각했다. 저토록 넓고 뻔히 드러난 상태의 보상공간을 엘리아가 그냥 지나칠 이유가 없는 것이었다.

'나에게만 마왕성을 이용할 자격이 주어진 건가? 마왕성의 무엇인가가 나를 그렇게 인정해 주고 있는 건가?'

채빈은 새삼 자신이 마왕성에 대해 아는 바가 거의 없음을 상기시켰다.

마왕성에서 얻은 능력으로 현실에서의 삶의 질을 높이는 데에만 애써 왔다.

최근 들어 마왕성의 본질적인 정체에 대해 고민한 적도 거의 없었다. 생각을 붙잡고 늘어진다고 딱히 답이 나올 문제도 아니기는 했지만 말이다.

"아아, 아."

엘리아가 사닥다리 밑에서 거듭 채빈을 부르고 있었다. 치료해 주겠다는 듯이 피가 묻은 채빈의 입을 손가락으로 가리키면서.

채빈은 망설인 끝에 일단 사다리 위쪽까지만 데려다주기로 마음먹고 걸음을 내딛었다. 몸이 아프긴 했지만 그럭저럭 견딜 수 있을 정도였다. 상자의 보상은 돌아가는 길에 챙기면 될 터였다.

지상으로 올라섰더니 우거진 수풀이 하늘을 가리고 있었

다. 채빈이 일어나 몸을 가누고 섰다. 주위는 온통 숲이었다. 뒤따라 사다리를 타고 올라온 엘리아가 채빈의 등 뒤를 콕콕 쳤다.

"어? 뭐야, 여기가 집이라고?"

돌아본 채빈이 어이없어하며 얼굴로 물었다. 불과 10미터 정도 앞에 자그마한 오두막이 자리하고 있었다.

아니, 아무리 가까워도 그렇지 집이 바로 던전 코앞에 있었다니.

오래도록 관리하지 않은 탓인지 오두막과 고목 사이에 걸린 해먹이 낙엽에 반쯤 파묻혀 있었다.

엘리아가 채빈의 팔을 잡아끌었다. 말이 통하지 않으니 입은 다문 채였다.

"아냐, 난 여기서 가야지."

채빈이 고개를 가로저으며 돌아가겠다는 의사를 표시했다.

엘리아의 집까지 제법 거리가 될 거라는 생각에 배웅할 겸 따라 나왔던 것이다.

지척에 집이 놓여 있으니 이쯤에서 헤어져도 되겠지 싶었다.

엘리아의 어두워진 낯 위로 수심이 번지고 있었다.

채빈은 가슴이 답답했다. 이 여자가 무슨 말을 하고 있는 건지 알아듣고 싶었다.

왜 이런 오두막에 사는지 묻고 싶었다. 어째서 칸체레 수도원에 갇히게 되었는지 사정을 듣고 싶었다.

하지만 말이 통하지 않으니 뭘 어쩌란 말인가. 팔자 좋게 앉아서 공부를 할 수도 없는 노릇이고 말이다.

"갈게. 나중에 꼭 올게."

채빈이 손을 들어보였다. 엘리아가 초조한 표정으로 다가오려는 걸 눈짓으로 막은 다음 채빈은 사닥다리를 타고 다시 수도원 던전으로 내려갔다.

한참을 내려가다 문득 고개를 드니 두 손을 모아 쥔 채 내려다보고 있는 엘리아의 얼굴이 보였다. 채빈은 잠시 멈춰서 지상을 향해 손을 크게 흔들었다. 엘리아는 작게 손을 흔드는 것으로 채빈의 인사를 받아주었다.

"휴우."

완전히 지하로 내려온 채빈은 고해실을 벗어나 바로 옆의 보상공간으로 들어섰다. 상자는 그 자리에 그대로 채빈을 기다리듯 놓여 있었다.

채빈은 상자를 벌컥 열었다.

"와, 꽤 많은데?"

역시 최초로 획득하는 보상이 대박은 대박이었다.

양피지 설명서와 무색의 액체가 담긴 코르크 마개 유리병, 마법서적 2권과 일반서적 1권, 그리고 큼지막한 금덩이까지 하나 담겨 있었다.

채빈은 일단 그것들을 모두 챙겨 가방에 넣고 일어섰다.

―주인님, 확인 안 하세요?

"엘리아가 쫓아올지도 모르잖아. 마왕성에 가서 볼래."

채빈은 마법진을 통해 마왕성 지역으로 이동했다.

익숙한 전경을 보자 비로소 안심이 되었다. 채빈은 편안한 자세로 바닥에 앉아 가져온 보상들을 꺼내 늘어놓고 눈앞에 양피지 설명서 펼쳐들었다.

〈상자 보상 안내〉

1. 3서클 마나의 정수
―종류:정수
―산지:로쿨룸 대륙
―설명:마시면 3서클의 마법을 다룰 수 있는 마나를 얻게 된다.
―요구조건:없음

2. 힐 마법서

—종류:2서클 마법서적
　—산지:로쿨룸 대륙
　—설명:가장 기초적인 치료마법으로 벌어진 상처를 봉합하고 진통을 가라앉힌다. 2서클의 마나를 갖춘 자라면 사용 가능하다. 책을 펼치면 습득할 수 있다.
　—요구조건:2서클 이상의 마나

　3. 로쿨룸 대륙 공용어 마법서
　—종류:기타 마법서적
　—산지:로쿨룸 대륙
　—설명:로쿨룸 대륙 공용어를 습득한다. 1서클의 마나를 갖춘 자라면 사용 가능하다. 책을 펼치면 습득할 수 있다.
　—요구조건:1서클 이상의 마나

　4. 대공 슬라빅에 관한 기록
　—종류:일반서적
　—산지:로쿨룸 대륙
　—설명:전설의 대마법사이자 제국의 대공이었던 슬라빅의 노년기를 담은 작자미상의 기록서. 자청하여 관직에서 물러난 뒤 칸체레 수도원에 은신, 59권의 마도서를 제작하고 종적을 감추기까지의 크고 작은 사건들이 상세하게 기술되어

있다.
　—요구조건:로쿨룸 대륙 공용어

5. 금
　—종류:광물
　—산지:로쿨룸 대륙
　—설명:특이사항 없음
　—요구조건:없음

"굿인데?!"

3서클 마나의 정수와 로쿨룸 대륙 공용어 마법서가 유난히 반가웠다. 당장 눈앞에 엘리아가 떠올랐다.

엘리아는 로쿨룸 대륙의 주민이니 당연히 공용어를 사용할 터였다. 이것만 배우면 바로 대화를 나눌 수 있게 되는 것이다.

채빈은 기쁨에 겨워 허공을 향해 한 팔을 크게 내질렀다. 그 바람에 잊고 있던 내상의 고통이 밀려왔고 채빈은 모로 몸을 쓰러뜨렸다.

"아야야……!"

—조심 좀 하세요, 으이구!

운디네가 채빈을 타박하며 인간 형태로 모습을 바꾸었다.

채빈은 운디네의 부축을 받으며 비틀비틀 마왕성 안으로 향했다.
 당장 시급한 건 다친 몸의 치료였다. 보상이 제아무리 좋다고 한들 일단은 살고 봐야 할 일이니까.

제6장

이채빈 VS 천기광

이계
마왕성

"앉아라."

춘식이 말했다.

기광이 무표정한 얼굴로 춘식이 가리킨 소파에 거대한 몸을 앉혔다.

담배를 꺼내 물고 불을 붙이려던 춘식이 기광에게도 담배갑을 내밀며 권했다.

"한 대 피울래?"

"저는 됐습니다."

기광이 사양했다. 춘식은 이유도 없이 코웃음을 치고는 도로 품에 담배 갑을 집어넣었다.

그의 이런 면 하나하나가 기광은 너무나도 싫었다. 담배를 사양했을 뿐인데 왜 비웃는 거지. 그것도 저런 좆같은 면상으로.

춘식의 사무실로 호출된 시점부터 기광은 기분이 매우 좋지 않았다.

무엇보다 오늘따라 자신에게 살갑게 대하는 춘식의 태도가 더욱이 마음에 들지 않았다. 기광이 아는 춘식은 순수한 마음으로 누군가에게 잘해줄 인간이 아니었다. 분명히 무엇인가 흑심을 품고 있는 것이다.

"아침은 먹고 나왔냐?"

"네."

"대답이 짧다?"

"……."

"장난친 거야. 자식, 표정 구기기는. 사실은 말이야. 긴히 할 얘기가 있어."

얼굴에서 웃음을 거둔 춘식은 본론으로 들어가기에 앞서 담배를 한 모금 깊이 빨아들였다. 길게 내뿜는 하얀 연기 속에서 춘식은 말을 이었다.

"성제랑 민욱이 많이 다쳤잖아. 분해서라도 이대로 넘어갈 수 있겠냐? 어떤 놈이 친 건지 뻔한데."

"뻔하다니요?"

"뭘 너스레를 떨어? 하재경인지 뭔지 하는 년이 사주했겠지. 신고해 봤자 털리기밖에 더하겠나 싶어서. 머리 쓰네, 그 망할 년이."

기광은 말이 없었다. 그저 아주 희미하게 입술을 앙다물었을 뿐이었다. 그 미세한 감정의 변화를 춘식은 놓치지 않았다.

"얼굴 썩네. 왜 그래?"

"아무것도 아닌데요."

"내가 최근에 느낀 건데 너, 짜식 좀 이상해. 그 여자하고 무슨 관계라도 있냐? 둘이 사귀어?"

"아니요. 전혀 모르는 여잡니다."

"정말이지?"

"네."

"후우."

춘식이 담배를 필터까지 빨아들이고 나서는 재떨이에 비벼 껐다.

그리고는 나직이 말했다.

"네가 가라."

"어딜요?"

"그 여자 잡아다가 조져. 감금시켜 놓고 며칠 협박하면 그

깟 소스 제조법 알아서 불겠지. 강짜 부려 봤자 계집년인데 얼마나 버티겠냐?'

다문 입안에서 기광이 이를 악물었다. 춘식이 테이블 밑에서 작은 페트병 하나를 꺼냈다.

투명한 페트병 안에는 거무죽죽한 소스가 가득히 담겨 있었다.

"거, 뭐냐. 오 부장 알지? 너 들어오고 좀 있다 나간 너구리 같은 새끼. 그놈이 무교동에서 제법 크게 빵집을 하거든? 밑에 기술 좋은 애들이 많아. 애한테 그년이 파는 붕어빵 주고 성분 좀 조사해보라고 했어. 아무한테나 맡길 수는 없는 일이잖냐."

"그래서요?"

기광이 되묻기를 기다렸다는 듯이 춘식이 곧바로 페트병을 들고는 눈앞에 대고 흔들어보였다.

"그렇게 해서 나온 결과가 이거야. 맛은 좆도 없고. 도저히 성분을 알아낼 수가 없댄다. 씨부랄!"

퍽!

춘식이 욕설과 함께 페트병을 사무실 벽에 던졌다.

충격으로 뚜껑이 열리면서 소스가 폭발했다.

춘식은 벽에 묻은 소스가 질질 흘러내리는 걸 보며 이를 갈더니 담배 한 대를 추가로 빼어 물었다.

"나도 할 만큼 했다는 얘기야. 봐, 짜식아. 내가 그래도 명색이 과장인데 이 정도 털렸으면 너도 좀 성의를 보여야 하는 거 아니냐?"

춘식이 하얀 연기를 토해내며 거듭 지껄였다.

기광은 그저 말이 없었다. 도저히 따를 수가 없는 명령이었다.

재경을 납치해서 감금시키고 소스의 비밀을 알아내는 짓은 기광에게 불가능한 일이었다.

"죄송합니다."

기광이 짤막하게 사과했다. 춘식의 왼쪽 눈두덩이 45도 각도로 솟구쳐 올랐다.

"저는 도저히 못하겠습니다."

"애들 충분히 붙여줄게."

"안됩니다."

"야, 천기광!"

쾅!

춘식이 소리치는 동시에 주먹으로 탁자를 내려쳤다. 언제나 그렇듯 기광은 눈 하나 깜짝하지 않았다.

"무조건 해! 명령이야!"

"못하겠습니다. 정 시키시려면 실장님께 보고드리세요. 저는 맡은 수금이나 하고 오겠습니다."

기광이 먼저 말을 끊고 자리에서 일어섰다.

춘식이 피우던 담배를 내던지고 일어나 기광의 앞을 가로막았다.

그러더니 두 손을 치켜들어 기광의 멱살을 움켜잡고 고래고래 소리쳤다.

"이 새끼가 말끝마다 실장 타령이야! 넌 직급상 대리고 내가 과장이야! 내가 말하면 들어!"

"직급을 따지기 이전에 이 회사는 대부업체입니다."

"너 지금 나하고 말 장난하냐!"

춘식이 멱살을 잡은 손에 더욱 힘을 주었다. 기광은 춘식이 튀기는 침을 피하려는 듯 허리를 펴고 똑바로 섰다. 신장 차이가 너무 커서 멱살을 잡은 춘식이 오히려 대롱대롱 매달린 것처럼 보였다.

"아우, 이 건방진 새끼가 오냐오냐 해줬더니 진짜!"

춘식이 불끈 주먹을 쥐고 치켜들었다.

바로 그때였다.

끼이이익!

사무실 문이 벌컥 열리며 40대의 호리호리한 남자가 들어왔다.

말끔한 회색 정장에 한 손에는 성경책을 들고 있었다.

그는 워너머니의 실장 오병욱이었다. 병욱은 뿔테 안경을 쓱 내리고는 무슨 일이냐는 듯 맨눈으로 기광과 춘식을 번갈아 바라보았다.

"시, 실장님 오셨습니까."

춘식이 황망히 기광으로부터 떨어져 공손하게 인사를 건넸다.

자신과 동급이라는 듯이 '실장'이라는 호칭으로 마구 불러대던 평소와는 전혀 딴판이었다.

"오셨습니까."

기광도 춘식 때문에 구겨진 넥타이를 고치며 인사했다. 병욱은 서글서글하게 웃으며 손을 들어 인사를 받고는 소파에 몸을 앉혔다.

"교회 다녀오시나 봅니다?"

춘식이 담배를 꺼내 문 실장에게 불을 붙여주며 비굴한 미소를 띠고 물었다. 콧구멍으로 자욱하게 연기를 토해내면서 병욱이 대답했다.

"아침기도 드리고 왔지요. 간 김에 주일은 아니지만 헌금도 좀 했습니다. 캬, 종교란 좋은 거예요. 그렇지 않습니까? 아무리 좆같은 죄를 지어도 반성하고 헌금하면 면죄부를 받을 수 있거든. 자살만 안 하면 죄는 다 씻을 수 있는 거야."

"하하하. 맞는 말씀이십니다, 실장님."

춘식이 본질을 파악 못하고 맞장구를 쳤다. 병욱은 멍한 얼굴로 춘식을 뚫어져라 바라보더니 피식 웃음을 터뜨렸다. 옆의 기광도 희미하게 웃고 있었다.

병욱이 교회를 다니는 이유는 단지 돈 때문이었다.

의외로 성전에 가면 우수고객이 많다는 것이 평소 그의 지론이었다. 10만 원짜리 기부가 100만 원짜리 신용이 되고, 다시 1,000만 원짜리 고객들을 불러들인다는 게 그의 믿음이었다.

주말이 되면 교회뿐만 아니라 절에도 드나들었다.

병욱이 화제를 바꿔 물었다.

"그런데 두 분은 왜 아침부터 싸우고들 지랄이세요. 이 가련한 형제님 새끼들아. 도대체 무슨 일로 열들을 내십니까?"

"네, 실장님. 엊그제 말씀 드렸던 그 일 때문에 상의 좀 하고 있었는데 조금 의견이 달라서 잠시……."

잠자코 듣고 있던 기광이 고개를 번쩍 들었다.

방금 춘식이 한 말은 병욱도 재경에 관한 일을 알고 있다는 의미가 아닌가.

기광이 아는 병욱은 오로지 회사에 맞춰 돈놀이만 생각하는 사람이었다. 대부업 이외의 일에는 일절 손을 대지 않았다.

그렇게 나름 소신이 있는 병욱이기에 기광도 실장으로서 그를 모시고 지금까지 따라온 터였다.

기광은 '설마' 하는 심정으로 이어질 말을 기다리고 있었다. 병욱이 뿔테 안경을 벗고는 피곤한 기색으로 맨눈을 문질렀다. 그런 끝에 내뱉듯이 말했다.

"기광이한테 맡기라고 얘기 끝났잖아?"

기광은 뒤통수를 한 대 얻어맞은 느낌이 들었다. 잘못 들었나 싶어 귀를 후비고 싶은 충동이 들 정도였다.

"한 번 수고해라, 기광아. 어떻게 밥만 먹고 사냐? 가끔 라면도 먹고 치킨도 먹고 피자도 먹고 그러는 거지."

달래듯이 이어지는 병욱의 말은 기광의 기대를 확실하게 저버리고 있었다.

이윽고 병욱이 슈트 주머니에서 반으로 접은 하얀 봉투를 꺼내 들었다. 봉투 안에는 재경의 가게에서 파는 스페셜 붕어빵 2마리가 아직 식지 않은 채로 담겨 있었다.

"그리고 붕어빵도."

병욱이 붕어빵을 하나 꺼내 흔들어보이고는 제 입으로 쏙 밀어 넣었다. 입안의 붕어빵을 으스러뜨리며 그는 황홀한 표정을 하고 있었다.

"실장님."

"어, 말해."

"꼭 그래야 합니까?"

워너머니에 들어온 이후 기광은 처음으로 병욱에게 반문

하고 있었다.

 병욱은 입을 계속 우물거리며 기광을 멀거니 올려다보았다. 그리고는 느릿느릿 고개를 끄덕였다.

 "어, 꼭 그래야 돼."

 "하지만……."

 "워워, 천기광이 이렇게 혀가 길었어?"

 병욱이 허리를 펴고는 기광에게 이리 오라는 손짓을 해 보였다. 기광은 굳은 얼굴로 다가가 병욱 앞에서 몸을 숙였다. 귓가에 대고 병욱이 소곤거렸다.

 "기광이 너 사는 집 전세금 또 오를 때 됐지? 이 일만 한 번 잘 끝내 봐. 내가 1억까지 깔아뭉개 줄 테니까 빌라라도 한 채 지르라고."

 평소라면 무척 솔깃했을 제안이지만 지금의 기광에게는 전혀 감흥이 없었다.

 다른 일이었다면 만사 제쳐두고 따랐을 것이다. 아니, 병욱의 명령이니 최소한 대상이 재경만 아니었더라도 군말없이 받아들였을 것이었다.

 "대답을 안 해. 기광이 나랑 같이 교회 갈래?"

 병욱이 농담을 툭 던졌다. 이것이 단순한 농담이 아니라는 것 역시 기광은 잘 알고 있었다.

 고개를 숙이고 자기 발끝을 바라보며 기광은 힘없이 대답할 수밖에 없었다.

"알겠습니다."

"이야, 역시 기광이. 어? 대답도 우직해."

병욱이 기광의 어깨를 툭툭 치며 호탕하게 웃음을 터뜨렸다.

지켜보고 있던 춘식이 실실거리며 끼어들었다.

"그럼 실장님. 예정대로 오늘 저녁에 당장 움직이는 게 좋을까요?"

"그래요. 그리고 애들은 거, 기웅이부터 뒤로 5명 붙이고. 기광이가 알아서 인솔해라."

"…네, 실장님."

"아 참, 고 과장. 장소는?"

"문래동 공단이요."

"어허, 광망금속 지하 딱이지. 뻥카는 있고?"

"물론입니다. 왜, 있잖습니까. 지지난주에 장안평에서 가져온 검은 봉고요."

"그래요. 알아서들 잘하겠지. 혹여나 일 꼬였는데 나잇살 처먹고 코푸는 형제님은 나랑 교회 가야 합니다."

병욱이 붕어빵을 다 먹고 난 손바닥을 탁탁 털며 일어섰다. 그는 여전히 돌처럼 딱딱하게 굳어 있는 기광의 어깨를 부드럽게 감싸며 말했다.

"잘해봐. 나다운 명령이 아니라 맘엔 안 들겠지만. 살다 보면 싫은 짓도 해야 될 때가 있는 거야."

"…네."

병욱의 말은 거역할 수가 없었다. 가장 힘들 때 자신의 가치를 알아봐 주고 물심양면으로 큰 도움을 준 은인이니까. 병욱은 씩 웃으며 지갑에서 5만 원 지폐 3장을 꺼내 기광의 주머니에 넣어주었다.

"애들이랑 밥 먹고. 나는 그럼 이만."

병욱이 문을 열고 사무실을 나섰다. 그가 탄 엘리베이터가 내려가는 신호음이 들려왔다. 그제야 춘식은 자리에 앉아 다리를 꼬며 투덜거렸다.

"실장이란 게 줏대 없이 실실거리기는. 야, 기광이. 오늘은 수금하지 말고 푹 쉬었다가 8시까지 사무실로 와. 기웅이가 1종이니까 뺑카 끌고 오라고 시키고, 나머지 애들은 좀 일찍 와서 대기 타라고 해. 야, 천기광. 너 내 말 듣고 있냐?"

춘식이 지껄이도록 놔둔 채 기광은 한 손으로 제 얼굴을 구기듯이 쥐었다. 역시 길을 잘못 든 것일까. 아무런 대책도 떠오르지 않았다.

"여민이가 태권도 학원을 다니게 됐다고?"

재경이 설거지를 끝내고 마지막 그릇을 엎어 놓으며 놀란 표정을 지어 보였다.

가게는 이제 곧 문을 닫을 시간이었다. 마지막 손님인 초연이 테이블에 앉아 얼마 안 남은 떡볶이를 젓가락으로 뒤적거리고 있었다.

"초연이 네가 뭐라고 쏘아붙였구나?"

"별말 안했어요. 걘 뭐라고 말 할 가치도 없는 애거든요. 여자인 내가 그렇게 싸우는데도 옆에서 징징거리기만 하는 꼴 언니도 똑똑히 봤잖아요?"

"그렇게 말하지 마. 여민이도 남자애니까 느낀 게 있는 거겠지. 아무튼 잘됐다. 여민이 체격이 좀 왜소하긴 해. 운동하면 힘도 좋아지겠지."

"흥."

초연이 젓가락을 내려놓고 일어섰다. 크로스백을 메고 가게를 나서는 초연의 양 어깨가 평소보다 축 늘어져 있었다.

재경이 쫓아가서 가방끈에 낀 어깨의 셔츠를 빼 주며 말했다.

"심심하지? 매일 쫓아다니던 애가 학원을 다니게 돼서."

"장난해요?"

"이참에 너도 그 학원 다니는 게 어때? 요즘 여자들도 미용 목적으로 태권도도 하고 복싱도 하고 그러잖아? 그러면 여민이도 매일 볼 수 있고."

초연이가 어깨를 들썩이며 콧김을 픽 뿜었다. 그러더니 말도 없이 재경을 지나쳐 잰걸음으로 멀어져 갔다. 솔직하지 못한 초연의 모습이 귀여워서 재경은 쿡쿡 웃음을 터뜨리며 돌아섰다.

'세만 씨는 왜 이렇게 화장실만 갔다 하면 함흥차사야. 또 그 장에는 쥐쥐인가 뭔가 마셨나?'

재경은 돌아올 줄을 모르는 세만을 생각하며 초연이 먹고 난 접시를 집어 들었다. 그때, 중년 남자 하나가 들어와 허탈한 얼굴을 하고 물었다.

"어어어? 장사 끝났습니까?"

이름은 몰랐지만 최근 종종 떡볶이를 사 먹으러 오는 사람이었다. 재경이 미안한 기색으로 웃음을 머금고 말했다.

"죄송해서 어쩌죠? 음식이라도 있으면 드릴 텐데 만든 것도 다 팔았어요."

"어이구, 화장실 갔다 오느라고 늦었네. 알았수다. 내일 먹으러 오지 뭐."

"죄송해요. 조심히 가세요."

중년 남자가 가게를 나섰다.

재경이 식기를 들고 주방을 향해 돌아섰다. 그런데, 자동차의 엔진소리가 커져오는가 싶더니 등 뒤에서 또다시 발소리가 울렸다.

"죄송하지만 영업 끝… 우웁!"

콱!

시커먼 후드에 마스크로 얼굴 태반을 가린 괴한 둘이 재경의 입을 틀어막고 몸을 붙잡았다.

재경은 경악하여 소리를 지르려 했지만 목소리가 나와 주질 않았다.

괴한들은 그 상태로 재경을 번쩍 들어 허리에 끼고는 가게 앞에 주차된 봉고차로 향했다.

"당신들 뭐야!"

재경을 봉고차에 태우기 직전이었다.

조금 전에 떡볶이를 사먹으러 왔다가 낭패를 본 중년 남자가 숨을 헐떡이며 달려오고 있었다. 봉고차에 타 있던 또 다른 괴한이 튀어나왔다. 그는 중년 남자를 향해 손에 쥔 각목을 길게 휘둘렀다.

빠아아악!

"커어어어어억!"

정수리를 얻어맞은 중년 남자가 비명을 내지르며 고꾸라졌다.

괴한은 각목을 내던지고 쓰러진 중년 남자를 질질 끌어다 가게 안으로 밀어 넣었다. 그런 다음 불까지 꺼버리고 봉고차에 올랐다.

"빨리빨리 좀 해, 병신들아!"
"씨발, 니가 해봐! 아, 졸라 똥줄 타네. 빨리 가자!"
"어디지?"
"기광이 형 설명할 때 귀에 좆 박고 있었냐? 문래동 철강공단 광망금속!"

스스로 골빈 사내임을 증명하듯 괴한 하나가 대놓고 소리쳐 말하고 있었다.

부르르르릉!

봉고차가 엔진을 거칠게 울리며 도로 위로 미끄러져 나갔다.

어둠에 휩싸인 가게 안에서 중년 남자는 엎드린 채 물 잃은 붕어처럼 몸을 들썩이고 있었다.

'아니, 왜 이렇게들 전화를 안 받아?'

채빈이 심각한 얼굴로 핸드폰을 내려놓았다. 아직 꺼지지 않은 핸드폰에서 소리샘으로 연결한다는 메시지가 흘러나오고 있었다.

재경과 세만 양쪽 모두 5번 이상을 걸었지만 도무지 전화를 받지 않는 것이었다.

채빈의 시선이 시계로 갔다. 어느덧 밤 9시를 넘어가고 있었다. 가게는 이미 문을 닫고도 남았을 시간이었다.

'이상하네.'

채빈은 하루 종일 마왕성에서 내상을 치료하고 저녁이 되어 집에 돌아온 참이었다.

알 수 없는 불안감이 전신으로 엄습해왔다. 최근 워너머니와의 악연도 있었기에 더더욱 그랬다.

채빈은 더 참지 못하고 신발을 신었다.

끼이이익!

채빈은 스쿠터를 타고 눈 깜짝할 사이에 가게 앞에 도착했다.

예상대로 가게는 영업이 끝나고 불이 꺼진 상태였다. 세만은 혹시 작업장에 있을까. 그렇게 생각하고 지하로 걸음을 떼려는 순간 채빈은 이상한 점을 발견했다.

'왜 셔터를 안 내렸지?'

꼼꼼한 재경이 셔터 내리는 걸 깜박했을 리 없었다. 역시 무엇인가가 잘못되었다는 공포가 밀려왔다. 쿵쾅거리는 심장을 부여잡고 가게 문을 벌컥 열었다.

"으으으······!"

어둠 속에서 신음 소리가 낮게 울리고 있었다.

채빈이 질겁하여 급히 형광등 전원을 켰다. 밝아진 가게 한가운데 대자로 엎어져 있는 남자를 보고 채빈은 두 눈을 까뒤집었다.

"어? 도필 아저씨!"

한때 채빈에게 빚을 졌던 노숙자였다가 이제는 컴퓨터 수리점의 직원이 된 배도필이 아닌가. 깨진 정수리에서 붉은 핏물이 흘러내리고 있었다.

채빈은 급히 무릎을 꿇고 앉아 도필의 머리에 힐 마법을 시전했다.

오늘 3서클 마나의 정수를 비롯해 고해실에서 얻은 보상을 모두 흡수한 상태였다. 따스한 빛이 스며져 나와 도필의 상처를 감싸 안고 있었다.

"으으음…… 진통제인가."

"아저씨, 이게 무슨 일이에요? 좀 괜찮아지셨으면 말씀 좀 해보세요. 네?"

"웬 괴한들이… 크으, 서두르게. 문래동 철강공단 광망금속이라고 했어."

채빈이 핸드폰을 꺼내 즉석에서 상호를 검색했다. 광망금속이라는 상호가 딱 하나 떠올랐다. 즐겨찾기에 추가해 놓은 뒤 채빈은 자리에서 일어섰다.

"상처 거의 아물었어요. 조금 쉬세요."

"자네는 어디 가려고?"

"경찰에 신고하러요. 그럼 가게 좀 잠깐 봐주세요!"

"이, 이봐!"

부르르르릉!

채빈이 스쿠터를 몰고 길 너머로 사라졌다. 도필은 끙, 소리를 내며 허리를 펴고 일어나 의자에 앉았다.

"이상하게 별로 안 아프네. 각목이 아니었나?"

도필이 머리를 매만지며 멀거니 중얼거렸다.

대로로 진입한 채빈은 머리털이 다 뽑혀나가도록 전속력으로 질주하고 있었다. 깨문 입술에서 새어 나온 핏물이 불어닥치는 바람에 허공으로 말려 올라가고 있었다.

우당탕!

"아악!"

재경이 손을 뒤로 묶인 채 내던져졌다.

의자에 앉은 자세로 묶여 있던 세만이 질겁하고는 의자를 질질 끌며 다가갔다.

"재경 씨! 괜찮아요?"

"세, 세만 씨? 어, 어떻게 된 일이에요?"

두 눈이 튀어나올 정도로 놀란 건 재경도 마찬가지였다. 화장실에 볼일을 보러 갔던 세만을 이곳에서 만나게 될 줄은 전혀 예상치 못했다.

그곳은 어느 상가의 지하실이었다.

살풍경한 지하실 안에는 큼지막한 작업용 책상이 하나 덩

그러니 놓여 있었다.

그 옆에 자리한 드럼통 안에는 쇠파이프가 여러 개 꽂혀 있었다.

쇠파이프 끄트머리의 검붉은 빛깔이 어쩐지 핏물 같아서 재경은 소름이 확 끼쳤다.

까아앙!

괴한 중 하나가 쇠파이프로 바닥을 내리쩍었다. 신랄한 소음에 재경과 세만의 몸이 찌릿찌릿 울렸다.

괴한이 쇠파이프를 겨누며 마스크 속에서 입을 열었다.

"누구한테 물어볼까?"

"뭐, 뭘 말이요? 갑자기 이게 무슨……. 크억!"

괴한이 세만의 얼굴을 다짜고짜 걷어찼다. 세만은 피를 뿜으며 몸이 묶인 의자째 옆으로 쓰러졌다.

"세만 씨!"

"아직 결정하지도 않았는데 중뿔나게 나서지 마. 아아… 이렇게 하는 게 좋겠다."

괴한이 동료들에게 눈짓을 했다. 2명의 동료가 다가가 쓰러진 세만을 일으켜 세웠다.

세만은 새파랗게 질린 채 코와 입으로 피를 흘리며 숨을 씩씩거리고 있었다.

"여자한테 물어본다. 대답을 안 할 때마다 저 남자가 맞는 거야. 알았지?"

"대, 대체 그게 무슨……!"

"그럼 시작. 자, 아가씨 가게에서 파는 소스는 어디서 가져오는 거지? 아니면 직접 만드는 건가?"

재경이 두 눈을 부릅뜨고 몸을 떨었다. 혹시나 했지만 역시나였다.

후드와 마스크로 얼굴을 모두 가린 채였지만 괴한들의 정체를 똑똑히 짐작할 수 있었다.

"너, 너희들… 워너머니지!"

"워너머니가 뭐야? 은행 이름이냐?"

괴한이 귀를 후비며 빈정거렸다. 재경이 눈을 질끈 감으며 악을 쓰듯 소리쳤다.

"모르는 척하지 마! 나한테 이런 쓰레기 같은 짓을 하는 인간들은 워너머니뿐이야!"

"아따 고년 목청 좋네."

괴한들이 서로를 바라보며 킬킬거렸다.

재경이 한껏 부릅뜬 두 눈 가득히 독기를 담고서 재차 소리쳤다.

"너희들 왜 이렇게 살아! 낳아주신 부모님에게 창피한 줄 알아야지!"

"나 애미 애비 없다. 우짤래?"

"쓰레기만도 못한 인간들! 사내로 태어났으면 가슴 펴고 당당하게 살아, 이 양아치들아!"

돌연 괴한들이 웃음을 멈췄다. 후드와 마스크 틈으로 드러난 두 눈이 한껏 치켜져 올라가고 있었다.

"양아치라… 지금 우리보고 양아치라고 했냐?"

"그래, 이 양아치야!"

"이년 봐라. 야, 갈겨."

괴한이 세만 쪽의 동료에게 눈짓을 보냈다. 곧바로 괴한 하나가 세만의 얼굴에 주먹을 날렸다.

빠아아악!

"커헉!"

"세만 씨!"

"계속 갈겨, 더 세게."

빠아아아악!

"끄어어어어억!"

"꺄아아아아악! 하지 마!"

손을 뒤로 묶인 재경이 몸을 튕기며 울부짖었다.

린치는 계속되었다. 세만이 맞을 때마다 의자와 함께 쓰러지길 반복하고 있었다.

괴한들은 귀찮다는 기색으로 아예 넘어지지 못하도록 뒤에서 세만의 어깨를 붙잡고 얼굴 좌우를 연달아 가격하기 시작했다.

빠아악! 빡! 빠아아악!

세만의 고개가 쉴 새 없이 양옆으로 튕겨 올랐다. 터져 나온 핏물이 후드득 떨어져 바닥을 적시고 있었다.

재경은 정신이 돌아버릴 지경이 되어 피눈물을 뿌리며 소리쳤다.

"하지 마! 뭐든지 말할 테니까 제발 하지 마! 세만 씨한테 그러지 마! 다 말할 테니까 제발 그러지 마!"

"자, 스톱."

괴한이 손을 들어 제지했다. 괴한들이 린치를 멈추고 손을 거두었다.

피투성이의 얼굴로 초주검이 된 세만이 고개를 툭 떨어뜨렸다.

"으흐흐흑… 으흐흐흑! 세만 씨! 세만 씨!"

괴한이 혀를 끌끌 차며 재경의 머리칼을 붙잡고 뒤흔들었다.

"망할 년아. 빨리 말하고 병원 데려가면 되잖아. 요 앞에 세브란스 응급실 좋아. 나도 칼빵 맞았을 때 두어 번 가봤어. 의사샘이 깔끔하게 수리해줄 거야."

"으흐흑……!"

재경이 눈물로 범벅이 된 얼굴을 숙였다. 괴한이 그 앞에 쪼그려 앉으며 재경과 눈높이를 맞췄다.

"자, 말해."

괴한이 재경의 턱을 치켜 올렸다.

재경으로서는 더 이상 버틸 재간이 없었다. 이대로 있다가는 정말로 세만이 죽게 될지도 모르는 일이었다. 그렇다고 채빈을 팔 수도 없는 노릇이었다.

"아니, 이년이 아직도 정신 못 차렸네. 야! 그 새끼 깨워."

"제, 제발……! 하지 마!"

재경의 절규에도 아랑곳없이 괴한들이 세만에게 찬물을 끼얹었다. 그들 중 하나가 드럼통에서 쇠파이프를 뽑아 들고는 야구선수처럼 뒤로 한껏 당긴 채 세만을 후려칠 자세를 잡았다.

"셋만 센다. 하나."

"자, 잠깐만!"

"둘."

"기다려 봐! 이제 곧 말할…….""

"셋. 야, 갈겨."

부우우웅!

괴한이 세만의 복부를 향해 횡으로 길게 쇠파이프를 내질렀다.

공기를 찢으며 날아드는 쇠파이프 앞에서, 재경은 머릿속이 텅 비어버리는 것을 느끼며 한 가닥 남았던 의식의 끈을 놓아버리고 말았다.

콰아아아아앙!

"끄아아아아아악!"

절체절명의 순간 믿지 못할 일이 벌어졌다.

고막을 자극하는 비명과 분수처럼 치솟는 핏물은 세만의 것이 아니었다.

쿠우우우웅!

세만을 때리려던 괴한이 뒤쪽 벽으로 튕겨나갔다가 벽에 부딪쳐 바닥으로 고꾸라졌다.

핏물이 부글부글 끓는 입술을 몇 번 벙긋거리더니 괴한은 이내 의식을 잃었다.

"태, 태규야! 이 새끼, 너 누구야!"

남은 4명의 괴한들이 당황하여 한군데로 모였다.

백색 갑옷의 남자가 세만의 얼굴에 손바닥을 얹은 채 서 있었다.

이제 막 지하실 철문을 통째로 찌그러뜨리며 난입한 그는 바로 채빈이었다.

'조금만 참아요, 형!'

채빈은 헬멧 속으로 흐르는 눈물을 참아낼 수가 없었다.

증폭되는 분노만큼 손아귀에서 스며져 나오는 힐의 효율

이 급격하게 상승했다.

세만이 얼굴의 통증이 빠르게 완화되는 것을 느끼며 가물 거리는 눈을 떴다. 하지만 채빈의 손에 눈이 가려져 아무것도 볼 수가 없었다.

"너 누구냐고! 백화점 로봇 행사 뛰다 온 새끼냐?"

"아닌데."

"이 씨발놈아, 너 우리가 누군지 알아?!"

"잘 모르겠는데."

채빈이 마나를 섞어 탁해진 음성으로 대답했다. 세만을 치료할 시간을 벌기 위해 조금은 말상대를 해줄 참이었다. 하지만 길게는 불가능했다.

시그너스 아머의 제한시간은 고작 8분. 이제 7분도 채 남지 않았다.

"곱게 보내줄 테니까 보내줄 때 가라. 어? 얼른 꺼져."

"차비 주면 갈게."

"이 새끼가 쥐약 처먹었나! 개소리 말고 꺼져!"

괴한이 쇠파이프를 공중에 대고 붕붕 휘두르며 위협했다. 잠시 후, 시간을 계산하고 있던 채빈이 세만의 얼굴에 가하던 힐 마법을 멈추고 한 걸음 나섰다.

"차비를 안 주다니. 너희들 전부 죽었어."

"이런 미친 새끼가 무슨……!"

퍼어어어어억!

땡그랑!

"……."

한 줄기 비명조차 없었다.

괴한은 쇠파이프를 바닥에 떨어뜨린 채 눈알이 굴러 나올 정도로 두 눈을 부릅뜨고 있었다. 채빈이 그의 복부에 찔러 넣었던 주먹을 천천히 빼냈다.

"끄어어어어어……!"

비로소 괴한이 복부를 부여잡고 무거운 신음을 흘리기 시작했다.

채빈은 그대로 괴한의 다리에 로우킥을 날렸다.

빠가가가각!

"끄아아아아아악!"

단 한 방으로 부러진 다리가 기괴하게 뒤틀려 있었다. 남자는 한 손으로 배를, 또 한 손으로 부러진 다리를 붙잡고 폴짝폴짝 뛰다가 모로 고꾸라졌다.

"히이이이익!"

남은 3명의 괴한이 사색이 되어 뒤로 물러섰다.

채빈이 빛살처럼 튕겨나가 출입구 쪽을 가로막고 섰다. 도망칠 출구마저 잃은 괴한들은 헐레벌떡 드럼통으로 뛰어가 각자 쇠파이프를 하나씩 움켜잡았다.

그리고 다시 그중 하나가 세만에게 다가가 쇠파이프를 쳐들고 소리쳤다.

"이 개새끼야! 계속 깝싸면 이 새끼가 죽어! 그냥 대갈통 찍어버린다!"

괴한들이 이렇게 치졸하게 나올 경우를 채빈은 충분히 예상하고 있었다.

인질극 따위는 전혀 문제가 되지 않았다. 채빈은 괴한의 이마에 매직 타깃을 걸고 한 손을 들었다.

—매직 애로우, 발동!

퍼어어엉!

"갸아아아아악!"

날아든 마나 덩어리가 괴한의 이마를 강타했다.

괴한이 터진 이마에서 피를 흘리며 만취한 사람처럼 비틀거렸다. 약 3미터의 간격을 두고 채빈은 양손을 마구 내지르며 기관총을 쏘듯 매직 애로우를 퍼부었다.

퍼퍼퍼퍼퍼퍼퍼퍼퍼퍼펑!

"갸아아악! 커어억!"

계속되는 전 방위 타격으로 괴한은 넘어질 틈조차 없었다.

3서클의 마나를 얻은 채빈은 마음껏 사용할 수 있게 된 매직 애로우를 봇물처럼 쏟아 붓고 있었다.

"끄어억! 캬악! 사, 살… 우억! 아악으아악!"

괴한은 넝마가 다 된 옷자락을 휘날리며 핏빛의 춤을 추고 있었다.

 채빈이 마나를 1서클 이하의 파워로 조절했기에 망정이지 안 그랬으면 벌써 죽고도 남았을 것이었다.

 채빈은 족히 50방의 매직 애로우를 먹이고 나서야 손을 거둬들였다. 진즉에 의식을 잃어버린 괴한은 신음 소리도 없이 그대로 무릎을 꿇으며 쓰러졌다.

 까아앙! 까아아앙!

 채빈의 허리와 다리에서 굉음이 울렸다. 등 뒤로 다가든 두 괴한이 쇠파이프로 가격한 참이었다. 채빈은 바닥에 떨어진 쇠파이프를 들고 돌아섰다.

 "으어어억……! 자, 잘못했어! 다신 안 그럴게! 우리 그냥 나갈게!"

 두 괴한이 눈물 콧물을 질질 흘리며 뒤늦은 용서를 구했다. 쇠파이프를 치켜들며 채빈이 입술을 뗐다.

 "버스는 이미 떠났어. 무슨 의미인지 알아? 정해진 시간을 지나버렸다는 뜻이야."

 "앞으로 잘 지킬게! 무슨 말인진 잘 모르겠지만 버스 타고 다닐게! 그러니 제발……."

 빠가가각!

 "캬아아아악!"

빠캉!

"끄에에에엑!"

두 괴한이 각각 허리와 다리를 부여잡고 바닥을 데굴데굴 굴렀다. 채빈은 두 괴한이 가격한 자신의 신체 부위에 맞춰 똑같이 되돌려준 참이었다.

"이제 갑시다. 걸을 수 있어요?"

채빈이 묶인 손을 풀어주며 물었다. 세만이 황망한 표정으로 고개를 끄덕이며 일어섰다. 채빈은 어깨에 재경을 들쳐 업고 앞장서서 출구를 통과했다.

그들이 지상으로 막 올라왔을 때였다.

부우우우웅!

쇠절구만 한 거대한 주먹이 날아들었다.

채빈이 한 손을 뻗어 그 주먹을 붙잡았다. 그리고 고개를 들었다. 2미터에 가까운 큰 키의 괴한이 마스크로 얼굴을 가린 채 눈앞에 서 있었다.

깊은 밤의 공구상가 주변에는 아무도 없었다.

고장으로 깜박이는 가로등 불빛 아래 스산한 바람이 불어왔다. 대로변에 어질러진 쓰레기들이 애처롭게 나뒹굴고 있었다.

채빈이 세만을 돌아보며 말했다.

"힘드시겠지만 이 아가씨도 좀 부탁해요!"

"아, 알겠습니다!"

채빈이 재경을 내려놓자 세만이 재빨리 부축했다.

거구의 괴한이 채빈의 어깨 너머로 팔을 쑥 뻗었다. 채빈이 놓치지 않고 손을 들어 그 팔꿈치를 단단히 붙잡았다.

콱!

"네 상대는 나야, 이 무식하게 키만 큰 새끼야."

그렇게 말하며 채빈이 손 가득 힘을 주었다.

그러나 바로 다음 순간.

채빈은 경악하여 자기 두 눈을 한껏 부릅뜨고야 말았다.

'무, 무슨 놈의 힘이……!'

괴한은 실로 엄청난 괴력으로 채빈의 힘에 반항하고 있었다.

그간 나름 열심히 수련을 해온 데다 10년의 내공까지 보유한 채빈은 어처구니가 없어 머리가 다 핑 돌 지경이었다.

턱!

괴한이 기어코 붙잡힌 팔을 빼내더니 역으로 채빈의 팔꿈치를 움켜잡았다.

그런 채로 팔뚝에 핏줄이 불거져 나올 정도로 손안 가득 힘을 주었다.

빠지지지지직!

'맙소사! 이건 미친 소리야!'

시그너스 아머가 찌그러지고 있는 눈앞의 이 현상을 도대체 어떻게 받아들여야 할 것인가.

상대는 마왕성의 던전에서 만난 몬스터가 아니었다. 채빈이 살아가고 있는 지구의 하나의 인간일 뿐이었다. 얼이 빠진 채빈이 반응할 틈도 없이 괴한은 다른 한 손으로 주먹을 날렸다.

빠카캉!

"우와아앗!"

헬멧의 전면부가 움푹 꺼져들면서 채빈이 뒤로 튕겨나갔다.

바닥을 구르기 직전 채빈은 마나를 끌어올려 레비테이션 윙을 발동시켰다. 등 뒤의 날개가 펄럭이면서 채빈은 가까스로 균형을 되찾고 가볍게 바로 섰다.

"별 희귀한 기능이 다 있군."

괴한이 감정 없는 목소리로 중얼거렸다.

찌그러진 헬멧 속에서 채빈은 가쁜 숨을 몰아쉬고 있었다.

이제 시간은 2분도 채 남지 않았다. 시그너스 아머가 해제되기 전에 상대를 박살 내야만 했다.

'젠장, 역시 그것뿐인가!'

초조해지자 역시 생각나는 비전은 하나였다. 채빈은 남은 내공을 전부 끌어올리며 자세를 낮췄다. 그리고 발 끝으로 모인 내공을 한꺼번에 폭발시켰다.

—황도백양각!

콰콰콰콰콰콰콰콰쾅!

채빈이 공기를 폭발시키며 직선으로 몸을 날렸다. 괴한은 왼발을 쭉 뻗은 채 굉음을 몰며 날아드는 상대를 보고 당황하여 두 팔을 치켜들었다.

빠카카캉!!

"컥!"

괴한이 전혀 입 밖에 내본 적이 없던 비명을 짧게 터뜨렸다.

공격을 막은 두 팔이 버티지 못하고 좌우로 활짝 열렸다. 그 너머로 날아가던 채빈이 금속음을 일으키며 바닥으로 추락했다.

'아우욱……. 저 괴물 같은 놈이!'

채빈이 헬멧 속에서 각혈을 하며 몸을 가누고 일어섰다.

황도백양각을 정면으로 받았는데도 적은 완전히 쓰러지지 않았다. 부러진 한쪽 팔을 감싼 채 무릎을 꿇고 있었지만 다시 일어서려는 기미가 보였다.

채빈은 도저히 믿을 수가 없어 몇 번이나 눈을 감았다가 뜨기를 거듭했다. 자신이 사는 현대에 이런 엄청난 괴물이 있었을 줄이야!

이놈은 마왕성으로 치면 별 3개짜리의 던전 몬스터 급이었다. 아니, 3개로도 모자랐다. 어쩌면 4개짜리 이상일지도.

'개자식! 마법으로 끝장을 내주마!'

내상의 고통도 잊을 만큼 분노한 채빈이 두 손을 치켜들었다. 매직 애로우 속사포로 곰보를 만들어 버릴 작정이었다.

왜애애애애애앵!

사이렌 소리가 대로 너머에서부터 울리고 있었다.

빠르게 가까워 오는 소리 속에서 채빈과 괴한의 시선이 맞부딪쳤다.

'너 운 좋은 줄 알아라.'

채빈이 속으로 씹듯이 내뱉으며 어둠에 휩싸인 골목으로 몸을 날렸다. 사실 경찰차가 나타난 건 다행스러운 일이었다. 시그너스 아머 해제까지 불과 30초 남겨둔 시점이었는데 사이렌이 이성을 되찾게 도와준 셈이었다.

"끄으으으윽……!"

채빈이 사라지고 나서야 거구의 괴한이 또 한 차례 긴 신음을 흘렸다.

태연한 척했지만 의식을 잃기 일보 직전이었다.

'성제랑 민욱이가 헛말을 한 게 아니었군. 저런 갑옷이라면 나도 하나 갖고 싶네.'

괴한이 경찰차를 피해 채빈이 사라진 쪽의 반대 골목으로 몸을 들이밀었다.

    이를 악물고 한참을 달린 끝에 빈 주차장을 발견한 그는 어둠에 몸을 숨기자마자 의식을 잃고 말았다.

    그와 같은 시각.

    홀로 사무실에서 이제나저제나 결과를 기다리고 있던 춘식은 부하의 보고 전화를 듣고 까고 있던 삶은 계란을 냅다 집어던졌다.

    "이런 병신 새끼들! 누구누구 잡혔다고? 뭐? 기웅이도?! 그럼 기광이는? 뭐? 몰라? 이런 씨발……! 야, 너 일단 강화도에 짱 박혀 있어. 내가 전화할 테니까. 그래, 이 새끼야! 뭐? 차비? 혀 뽑아버리기 전에 닥치고 끊어!"

    콰아앙!

    내리친 전화기가 산산조각이 나버렸다. 춘식은 머리끝까지 솟구친 울화로 방방 뛰다 못해 자기 사무실의 기물을 때려 부수기 시작했다.

    아침에 부하들이 청소해 준 사무실이 순식간에 아수라장이 되어버렸다.

    "끄으으……. 이런 머저리 같은 놈들! 쓸 만한 대가리라고는 하나도 없어, 하나도!"

    춘식은 정수기로 다가가 몇 컵이고 냉수를 들이켜며 달아

오른 몸을 달랬다.

갑자기 여러 잔의 물을 먹어서인지 요의가 밀려왔다. 춘식은 사무실 문을 걷어차고 나가 화장실로 향했다. 복도를 지나쳐 화장실 문턱을 밟기도 전에 그는 지퍼를 끄르며 자기 물건을 꺼내고 있었다.

터터터텅!

"뭐, 뭐야!"

대변기 5칸이 일시에 열리며 거구의 흑인 5명이 동시에 모습을 드러냈다.

그들은 춘식이 도망칠 틈도 없이 달려들어 입을 봉하고 팔다리를 옭아맸다.

"우우웁! 뭐, 뭐하는 자식들이야! 이런 미친……!"

"오우, 한국말 어려워. 나 몰라."

춘식의 정수리를 붙잡고 있던 흑인이 살며시 손을 떼고는 화장실 밖으로 나섰다.

사무실로 향하는 흑인은 어느새 감쪽같이 춘식의 모습으로 탈바꿈한 상태였다.

CCTV가 정상적으로 작동하는 것을 확인한 그는 다짜고짜 사무실로 들어가 실장 병욱의 사무실 문을 깨부쉈다. 그리고 그 안에 놓인 철제금고를 통째로 들고 유유히 사무실을 빠져나왔다.

휘파람까지 부르며 금고를 털어 나오는 이 모든 과정이 여과없이 CCTV에 촬영되고 있었다.

"이, 이 자식들아! 놓으라니까! 에엥?"

놓으라고 소리치자 흑인들이 진짜로 놓아주었다. 흑인들은 어안이 벙벙해진 채로 선 춘식에게 인사를 하고는 일렬로 화장실을 빠져나갔다. 어느 순간 흑인들이 하나로 뭉쳐 빛 덩어리가 되더니 창을 통과해 밤하늘을 가로질렀다.

슈우우우욱!

빛 덩어리는 단숨에 채빈의 집 앞으로 돌아왔다. 마왕성의 입구 앞에 쪼그려 앉아 있던 채빈이 숨을 몰아쉬며 고개를 들었다.

"잘 끝냈어?"

―네, 형님. 내일이면 결과가 나올 것 같습니다.

"수고했어. 네 홀리 이미지는 정말 엄청난 마법이야."

―과찬이십니다.

"병원 좀 부탁할게. 형이랑 누나 상태 좀 잘 봐줘."

―걱정하지 마시고 형님은 푹 쉬십시오.

채빈은 안심하고 마왕성으로 들어섰다. 오늘의 복수로 모든 악연이 끝났기를 간절히 바라면서, 채빈은 마왕성의 침상에 드러누워 깊은 잠에 빠져들었다.

"괜찮아, 괜찮아. 누워 있어."

병문안을 온 병욱이 손사래를 쳤다. 그럼에도 불구하고 기광은 굳이 상체를 일으켜 꾸벅 고개를 숙여 보였다.

"천하의 기광이를 이 꼴로 만든 게 대체 어떤 놈이야? 면상 한 번 구경하고 싶네."

"…죄송합니다."

"죄송할 거 없어. 자넨 할 만큼 했으니까."

병욱이 과일 바구니를 내려놓고 자신도 의자에 앉았다. 그리고는 담배를 꺼내 물었다가 병원이라는 점을 상기하고 도로 집어넣으며 어색하게 웃었다.

"어제 일은 잊어버려. 사람이 실수할 때도 있는 거지. 기웅이는 교회 싫어하니까 코풀 일 없을 거야."

"네, 실장님."

병욱이 허전한 입에 담배 대신 자두 한 알을 넣고 우물거렸다. 신맛에 얼굴을 찌푸리며 그가 말을 이었다.

"급하게 할 말이 있어서 온 거야."

"말씀하시죠."

"기광이 네가 오늘부터 과장님 해라."

기광의 두 동공이 확대되었다. 현재 과장으로 있는 춘식은 어떡하고 자신을 과장으로 앉히겠다는 의미인지 당최 알 수가 없었다.

춘식은 성격이 지랄 맞은 만큼 꼼꼼한 구석이 있어서 회사 업무는 잘하는 편이었다. 그만큼 실장의 신임도 꽤나 받아온 터였다.

 멍한 기광의 얼굴이 재미있다는 듯 병욱은 쿡쿡 웃고 있었다.

 "그러면 춘식 과장님은요?"

 기광이 참지 못하고 물었다. 병욱은 입가에 미소를 그대로 유지한 채 손날을 들고 제 목을 긋는 시늉을 해보였다.

 "춘식 과장님은 교회 갔어."

 "네?"

 "동네 교회로는 좀 힘들고 해서 저기, 강원도 산골에 있는 기도원으로 들어갔어. 그러니까 이제 기광이 네가 과장님 하시라구요, 이 형제님 새끼야."

 말을 마친 병욱이 일어섰다. 기광이 다친 몸이라는 걸 잊고 따라 일어서다 부러진 팔을 붙잡고 미간을 좁혔다.

 "얌전히 뼈나 붙이세요. 빨리 나아서 사무실로 복귀나 해. 너 없으면 일 못한다."

 "알겠습니다, 실장님."

 기광은 더 묻지 않았다. 어차피 꼭 해야 할 말이라면 언제고 병욱이 반드시 해줄 것이므로.

 용무를 마친 병욱은 몸을 빙글 돌려 병실을 빠져나갔다.

홀로 남은 병실 안에서 기광은 부러진 팔을 내려다보며 피식 웃었다.

이건 죗값이었다. 소꿉친구의 불운을 모른 척하고 오히려 괴롭히기까지 한 자신의 죗값. 죗값 치고는 싸다는 생각을 하면서 기광은 조금 더 크게 웃음을 터뜨렸다.

채빈이 재경과 세만을 찾아간 건 다시 하루가 지나고 나서의 일이었다. 재경은 다친 데가 없었지만 정신적인 충격이 있어 얼마간 가게를 쉬기로 했다.

세만은 몇 시간 내내 자신을 구하러 온 백색 갑옷의 히어로에 대해 침을 튀기며 떠들어댔다. 채빈은 지루해하지도 않고 자신이 펼친 무용담을 잠자코 다 들어주었다.

시간이 흐르고 있었다.

재경은 가게를 열지 않았고 집에서 요양했다. 지하의 작업장만큼은 채빈과 세만의 손을 타고 계속 굴러가고 있었다.

며칠에 한 번씩 채빈은 재경의 집을 찾아갔다. 재경은 착잡한 얼굴로나마 반갑게 맞아주었지만, 오히려 그런 반응이 못내 채빈의 가슴을 시리게 만들곤 했다.

그녀가 받은 충격은 쉽사리 가실 기미가 보이지 않고 있었다.

그럴수록 채빈은 일부러 더 재경에게 자주 전화하고, 찾아가고, 또 불러내서 산책을 하곤 했다.

더부살이로 사춘기의 태반을 보낸 채빈은 외로움이 얼마나 무서운 것인지를 누구보다도 잘 알고 있었다.

'슬슬 시간이 됐나.'

9월의 시원해진 바람이 귀밑을 스치고 지나갈 즈음, 채빈은 칸체레 수도원 던전의 재진입주기가 돌아왔음을 상기시켰다. 이계의 외딴 오두막에 혼자 머물고 있을 금발의 여자를 떠올리며 채빈은 마왕성으로 향하는 입구를 열었다.

제7장

대공 슬라빅과 59권의 마도서

이계
마왕성

솟아오른 햇살이 차양 사이로 파고들었다.
　앞마당에 나뒹구는 장작더미 사이로 새들이 내려앉았다. 새들은 아침을 알리듯 시끄럽게 지저귀면서 먹이도 없는 바닥을 연신 쪼아대고 있었다.
　'으음……'
　엘리아가 부스럭거리며 몸을 뒤척이다 잠에서 깨어났다.
　창을 통해 상쾌한 바람이 불어들고 있었다. 몸을 덮은 이불의 감촉이 좋아서 일어날 생각이 들지 않았다. 그녀는 한동안 그 자세로 누워 지그시 눈을 감고 바람을 음미했다.

아직도 편안한 아침이 엘리아에게는 꿈만 같았다. 한 달 전까지만 해도 자신은 칸체레 수도원에 고립된 채로 공포와 허기에 죽어가고 있었다. 시시각각 다가드는 죽음의 유혹 속에서 거의 포기해버렸을 때, 난데없이 웬 용사가 나타났다.

말이 통하지 않는 그 용사는 기꺼이 자신의 소중한 식량을 나눠주었고, 예배당을 장악한 몬스터들을 해치웠으며, 고해소로 연결되는 탈출구를 열어주었다. 그것으로 용사는 엘리아의 삶 전체를 통틀어 가장 큰 은인이 되었다.

'하지만 어디서 온 사람일까.'

엘리아는 제법 대륙 전역에 견문이 있다고 자부하고 있었다. 그러나 어디에서도 자신을 구해준 용사가 사용하는 언어를 들어본 적이 없었다. 그나마 흐릿한 기억이 상업국가 율론의 주민들이 비슷한 말을 쓴 것 같긴 했지만, 그것도 어디까지나 추측일 뿐이었다.

추가로 따지자면 용모와 옷차림도 지나치게 특이했다. 그토록 검은 머리칼에 황색 피부를 가진 자는 제국에 흔하지 않았다. 국지적으로 민족적 개성이 강한 동부 왕국 쪽이면 몰라도. 그렇다면 왕국에서부터 온 용사일까?

어쨌든 용사는 가버렸다. 입으로 핏물을 철철 흘리면서도 미소를 남긴 채 다시 칸체레 수도원으로 들어가 버린 것이었다. 수도원에 걸려 있는 저주를 풀기 위해서.

'대단하신 분. 그건 진정한 용사님만이 보일 수 있는 미소였어.'

사닥다리를 내려가던 도중 창백한 얼굴로 웃어 보이던 용사의 얼굴이 자꾸만 눈앞을 아른거렸다. 엘리아는 코끝이 찡해지는 것을 느끼며 숨을 훅 삼켰다.

"저기… 계세요?"

엘리아의 두 귀가 번쩍 울렸다.

그녀는 2가지 이유로 크게 놀랐다.

첫째, 이곳은 좀처럼 사람이 나타나지 않는 장소였다. 그리고 둘째, 지금 들려오는 목소리는 자신을 구해준 바로 그 용사가 분명했다.

"아무도 안 계세요?"

목소리가 다시 들려왔다.

엘리아는 재빨리 침대에서 내려와 슬리퍼를 신고 잠옷 위로 튜닉을 급히 껴입었다. 오두막을 나서기 직전에 벽거울을 보는 일도 잊지 않았다. 수척하긴 했어도 깨끗한 얼굴이 홍조를 띠고 있었다. 간밤에 묵은 때를 씻어내기 위해 밤새도록 목욕을 한 게 다행스러웠다.

끼이익.

엘리아가 오두막의 미닫이문을 열었다. 눈앞에 자신의 목숨을 구해준 용사가 서 있었다. 완전히 넋이 나간 듯 입을 떡하니 벌린 채였다.

"아, 안녕하세요……."

놀란 듯이 더듬거리며 인사하는 용사는 채빈이었다. 그는 엘리아의 여신과 같은 미모에 얼이 쏙 빠진 상태였다.

칸체레 수도원 식당에서 처음 만났을 때, 엘리아의 지저분한 모습을 보고도 '제법 미인'이라고 생각했었다. 그런데 깨끗하게 몸을 씻고 단장한 지금의 엘리아에게 '제법 미인'이란 표현은 칭찬이 아니라 욕이 될 뿐이었다.

"무사하셨군요, 용사님!"

엘리아가 환한 미소를 띠며 반가워했다. 그러더니 갑자기 두 손을 앞으로 모으게 채빈을 향해 정중히 허리를 숙이는 것이었다.

"왜 이제야 오셨나요? 정말 감사합니다, 용사님. 제 생명의 은인이세요."

"왜, 왜 이러세요? 제가 뭘 했다고요. 이러지 마세요."

채빈이 당황해서 손을 뻗으며 말렸다.

엘리아는 듣지 않고 허리를 숙인 채 말을 이어나갔다.

"저는 칸체레 수도원에 고립되어 죽을 날만 기다리고 있었습니다. 무서운 줄 모르고 부린 만용의 대가였어요. 다시 시작된 오늘부터 삶은 모두 용사님 덕분에 존재하는 것입니다."

"아니… 뭐, 제가 아니라 누구라도 그런 상황이었다면 그쪽을 구해드렸을 텐데요."

"게다가 예배당을 장악한 레이스들을 해치워주셨죠. 덕분에 이제야 저는 제대로 예배당을 조사할 수 있게 됐습니다."

채빈은 도통 입이 떨어지질 않았다. 그저 자기 자신을 위해 던전을 공략했을 뿐이었다. 나 좋으라고 한 일인데 이토록 누군가로부터 감사의 말을 듣게 될 줄이야. 민망한 나머지 손가락이 자꾸만 꼬이고 있었다.

"어머, 용사님을 서 계시게 해놓고 무슨 실례를. 우선 안으로 들어오세요."

"아, 네……. 그럼 잠시 실례하겠습니다."

채빈이 쭈뼛거리며 오두막 안으로 들어섰다.

엘리아는 침상 옆에 마련된 작은 가죽 소파를 가리키며 앉기를 권했다. 채빈이 소파에 앉자 엘리아는 개수대 쪽으로 가 찬장을 열며 물었다.

"제대로 된 식사는 못하셨을 테지요. 스튜를 준비할 테니 조금만 기다려 주세요."

"아니요, 식사는 괜찮습니다. 든든하게 먹고 왔어요."

엘리아가 찬장을 열다 말고 뜨악한 얼굴로 돌아보았다.

"든든하게 드셨다고요? 수도원에서요?"

채빈은 잠시 멍한 얼굴을 한 끝에 엘리아가 말한 의미를 파악했다. 자신이 여태까지 수도원 던전을 공략하다가 돌아온 줄로 그녀는 믿고 있는 것이다.

생각해 보면 당연한 노릇이었다. 채빈이 이계에서 온 사람이라는 사실은 상상도 하지 못할 터였다.

채빈은 대충 에둘러 대답했다.

"가지고 다니는 비상식량이 충분해서요. 배는 부르니까 그냥 간단하게 차나 한 잔 주시면 감사하겠습니다."

"그럼 알겠습니다. 잠시만 기다리세요. 우선 차부터 드리고 식사 대접은 조금 뒤로 미루지요."

엘리아가 찬장에서 찻잔을 꺼내 내려놓았다. 그리고는 아궁이를 향해 손가락을 대고 작게 주문을 중얼거리기 시작했다. 한참 만에 장작더미 속에서 불씨가 튀는가 싶더니 이내 불길이 활활 솟구쳐 올랐다.

"저는 마법을 제대로 배운 적이 없어서요. 재능도 없어서 모닥불 붙이는 일만 해도 이렇게 진땀을 뺀답니다."

엘리아가 채빈의 시선을 의식하고는 수줍게 웃으며 설명했다. 채빈은 그저 '아아' 하는 소리를 내며 고개만 끄덕였다.

"실례지만 용사님께 조금 여쭤보고 싶은 것이 있습니다."

엘리아가 찻잎을 뜯어 찻잔에 넣으며 입을 열었다.

"용사님께서 이렇게 공용어를 능숙하게 구사하실 줄은 몰랐습니다. 수도원에서 뵈었을 때는 어째서 공용어를 사용하지 않으셨죠?"

"아, 그건요……."

보상으로 얻은 마법서를 통해 10초 만에 뚝딱 배웠다고 대답할 수는 없었다. 채빈은 할 말이 없어 머뭇거리다가 스스로 생각해도 말이 안 되는 변명을 시도했다.

"저희 집만의 특별한 규율인데 특정한 날에는 말을 못하게 돼 있어요."

"그럼 그때 사용하신 언어는요? 혹시 율론 쪽 말이 아닌가요?"

율론인지 율무인지 알 턱이 없었다. 채빈은 대답이 궁색해져 일도 없이 두 손바닥으로 제 얼굴을 마구 문지르고 있었다. 엘리아가 쟁반에 받쳐 온 찻잔을 채빈 앞에 내려놓으며 사과했다.

"본의 아니게 죄송합니다. 말씀하시기 어렵다면 가르쳐 주시지 않아도 돼요."

"아니요, 특별히 그런 건 아니지만……. 네, 그러죠."

채빈이 되는 대로 내뱉으며 찻잔으로 손을 뻗었다. 거짓말을 늘어놓고 있다 보니 갈증이 나서 참을 수가 없었다. 뜨거운 찻물이 채빈의 활짝 열린 목젖을 강타했다.

"부왁! 뜨거!"

"용사님, 괜찮으세요?!"

"크으으……. 죄, 죄송해요!"

엘리아가 수건을 건네주었다. 젖은 몸을 닦는 채빈의 얼굴이 고통 때문이 아니라 수치심으로 한껏 달아올라 있었다. 이런 추태를 보이다니. 얼마나 한심하게 생각할까. 채빈은 재빨리 화제를 바꾸기로 했다.

"그런데 엘리아 님은 무슨 일로 던전에?"

"던전이요?"

"아, 잘못 말했어요. 그러니까 수도원이요. 왜 칸체레 수도원에 들어가셨어요?"

"그것은……."

엘리아가 눈을 내리깔았다. 그런 채로 오래도록 말이 없었다. 가만히 기다리고 있던 채빈이 먼저 입을 열었다.

"말씀하시기 싫으시면 굳이……."

"아니요. 말씀드리겠습니다."

엘리아가 채빈의 말을 자르고 의연하게 대답했다.

"어디서부터 설명해야 할지 잠시 생각을 정리했을 뿐입니다. 생명의 은인이신 용사님께 숨기고픈 마음은 추호도 없습니다."

엘리아가 고개를 들고 채빈과 시선을 맞췄다. 에메랄드 빛깔의 커다란 두 눈을 반짝이며 그녀는 입술을 떼었다.

"용사님께서는 슬라빅 폰 칼로바움을 아시나요?"

"…슬라빅?"

고해실 보상 상자에서 얻은 일반서적의 제목에도 들어가 있는 이름이었다. 이 슬라빅이 그 슬라빅을 말하는 게 맞나 하고 머리를 굴리고 있자니 엘리아가 씁쓸히 웃으며 말을 이어나갔다.

"모르실 수도 있겠군요. 아무리 전설적인 대마법사라고 해도 말 그대로 전설. 이제는 지나간 150년 전의 과거니까요. 지금부터 말씀드리겠습니다. 아무래도 슬라빅에 대해서부터 설명을 드리는 편이 좋을 것 같군요. 제가 이곳까지 찾아온 이유가 그 사람에게 있으니까요."

엘리아의 설명이 본격적으로 시작되었다.

150년 전 홀연히 자취를 감추기 직전까지 제국 최고의 대마법사이자 대공이었던 슬라빅 폰 칼로바움에 대해서.

"이것은 제 할아버지로부터 들은 이야기입니다……."

슬라빅은 동부 헤페룬 왕국 출신으로 부유한 영주의 장남으로 태어났다. 어릴 때부터 마법에 소질이 있었던 그는 부모의 전폭적인 지원에 힘입어 왕실마법학교를 다니며 마법을 수련했다.

슬라빅의 성장 속도는 남다른 정도가 아니었다. 왕실마법학교를 포함한 왕국 전역을 통틀어서도 독보적이었다. 15살이 채 되기 전에 6서클의 마나를 개방시켰으며 고유의 정령 소환마법을 고안해냈다. 특히 그는 마법병기 제작에도 탁월했는데, 이제는 헤페룬 왕국 공방의 상징이 된 오라쿨룸의 꺼지지 않는 용광로를 개발한 사람도 바로 슬라빅이었다.

이토록 훌륭한 재능을 가진 슬라빅을 왕국에서 외면할 리 없었다. 당시 왕국은 날로 성장을 거듭하는 제국과의 전투에 주력하고 있었다. 급격하게 커진 제국에 맞서 동부의 다섯 왕국이 힘을 합쳐 연합군을 만들었다. 자유 상업국가 율론도 자신들의 미래를 위해 연합군에게 힘을 보태주었다.

슬라빅은 나이 20살에 연합군에 들어갔다. 그리고 수 년 동안 제국군을 상대로 크고 작은 싸움을 벌였다. 죽을 고비를 넘길 때마다 뛰어난 재능은 더욱 자극을 받았고 기하급수적으로 그를 성장시켰다.

헤페룬 왕국력 842년.

1만 명이 넘는 사상자를 낸 서부 해안 격전이 열린 해였다.

그 치열한 전투에서 슬라빅은 제국군에게 사로잡히고 말았다. 겁에 질린 동료들의 배신 때문이었다. 슬라빅은 자신이 미끼로 버려진 줄도 모른 채, 오지 않을 지원군을 기다리며 힘이 다해 쓰러질 때까지 마법진을 유지하고 있었다.

제국은 슬라빅의 능력을 높이 사 포로의 신분임에도 불구하고 융숭하게 대접해주었다. 슬라빅은 계속되는 회유에도 흔들리지 않고 어떻게든 왕국으로 돌아갈 날만을 기다리고 있었다.

그러던 어느 날.

왕국으로 몰래 보낸 첩자가 슬라빅에게 비보를 가지고 돌아왔다. 왕국에 있는 가족이 모두 처형되었다는 믿지 못할 이야기였다. 모든 것이 동료들 때문이었다. 슬라빅을 버리고 도망친 일로 문책을 당할까 두려워 진실을 날조하고 거짓을 고했던 것이다.

슬라빅은 피를 토하며 울부짖었다. 왕국을 위해 목숨을 걸고 싸웠을 뿐인데 배신자란 오명을 쓴 것으로도 모자라 온가족마저 몰살을 당하고 말았다. 슬픔은 너무도 크고 깊어 아직 어렸던 그는 감당할 수 없었다.

오열하다가 혼절하기를 수십 번.

시간이 지나고 정신을 차렸을 때 슬라빅은 제국의 대마법사가 되어 있었다.

단 한 방울의 눈물도 흘리지 않는 사람이 된 그는 평생을 왕국과 싸웠다. 그리고 기어이 3개 왕국을 멸망시키는 데에 혁혁한 공을 세웠다. 그럼에도 불구하고 슬라빅은 왕국 출신이라는 이유로 64세의 늦은 나이에 대공의 작위를 받게 되었다.

슬라빅은 더 늙기 전에 자신의 가장 큰 재능을 발휘하고 싶었다. 오래도록 구상해 왔던 책 형태의 마법병기를 제작할 생각이었다. 마침 전쟁은 제국의 우세로 소강상태에 접어들고 있었기에 황제는 슬라빅의 마탑 건설 요청을 흔쾌히 허락했다.

슬라빅은 수도 외곽에 마탑을 건설하고 수제자 59명을 선발해 마법병기 제작에 들어갔다. 사실상 이것이 슬라빅 마법학파의 시작이었다.

슬라빅은 수제자 59명에게 물려줄 59권의 마도서를 제작하기로 결심했다.

59권의 마도서.

책 하나로 자신의 마나를 자유자재로 조율하면서 공격과 방어를 겸할 수 있는 획기적인 마도서였다. 59권이 하나로 모였을 때는 더욱 엄청난 위력을 발휘하는 마도서. 슬라빅이 평생토록 염원한 궁극의 마법병기였다.

하지만……

오르막 뒤에는 내리막이 반드시 찾아오는 것일까.

왕국 출신이면서 대공의 자리에 오른 슬라빅을 시기하던 제국의 귀족들은 기어이 더러운 수를 썼다. 거짓 증거와 증인을 내세워 슬라빅이 아직 왕국과 내통하고 있다고 모략했다.

나이가 들면서 정신적으로 나약해진 황제는 끝내 간신들

의 말에 넘어가 슬라빅을 잡아들이라는 명령을 내렸다.

1만 대군의 제국 병사가 슬라빅의 마탑을 둘러싸고 공격을 가했다. 제국의 병사이기 이전에 위대한 대마법사의 제자인 59명의 마법사들은 전력을 다해 맞서 싸웠다.

귀를 울리는 폭음과 지독한 화약 냄새가 사방에 진동했다. 폭발하는 마나가 대지를 울리고 솟구치는 창칼이 하늘을 갈랐다. 시간이 지나면서 즐비하게 쌓인 시체들로 마탑은 흡사 무덤처럼 변해가고 있었다.

하지만 끝내 한계는 찾아왔다. 제국군은 죽은 숫자 이상으로 병력을 채워 공격을 퍼부었다. 마탑을 지키는 방어 마법진은 힘을 모두 잃어 꺼져가고 있었다.

제자들은 만약의 사태를 대비해 만들어 둔 마탑의 지하통로를 이용해 슬라빅을 피신시키기로 했다. 수제자 중 가장 가까이에서 슬라빅을 모시고 따랐던 페이드 모빅이 동행하기로 결정이 났다.

페이드는 59권의 마도서를 빠짐없이 챙긴 다음 노쇠한 스승을 모시고 암굴을 통해 마탑을 벗어났다. 그 직후 제국의 병사들이 마탑의 방어를 뚫고 들이닥쳤다. 58명의 수제자들은 마나를 모두 소진한 몸으로 맨주먹을 쥐고 뛰어나가 장렬한 최후를 맞이했다.

제국은 슬라빅과 페이드의 종적을 끝내 찾지 못했다.

1년이 지나서야 겨우 마탑의 지하통로를 발견했고, 뒤늦게 통로를 통해 흔적을 쫓았다. 하지만 거기에서도 단서는 전혀 찾아낼 수 없었다. 그 후로 150년이 지나고, 이제 슬라빅과 그가 만든 59권의 마도서는 전설로만 남게 되었던 것이다.

 엘리아는 자신의 할아버지로부터 이 모든 이야기를 들었다. 슬라빅이 대륙 북서쪽 죽음의 사막 한가운데 묻혀 있는 수도원에 59권의 마도서를 숨겼다는 사실까지.

 할아버지의 이름은 페이드 모빅.

 슬라빅을 마지막까지 모신 수제자였다.

 "이야기는 여기까지입니다. 그 말씀을 해주신 뒤 할아버지는 돌아가셨어요. 저는 그 한마디 말만을 쫓아 59권의 마도서를 찾으러 이곳까지 오게 된 것입니다."

 "으음……."

 채빈이 신음을 흘리며 고개를 주억거렸다. 그는 파란만장한 슬라빅의 이야기에 얼이 반쯤 나간 상태였다.

 엘리아가 채빈의 빈 잔에 차를 다시 채워주며 말을 이었다.

 "이곳을 찾아내기까지 3년을 하루처럼 여행을 계속했습니다. 그간 고용했던 용병도 50명이 훌쩍 넘습니다. 헌데 모두가 죽음의 사막 앞에 와서는 꼬리를 내리더군요. 천신만고 끝에 저는 겨우 혼자 몸으로 이곳에 올 수 있었습니다."

채빈은 기분이 숙연해졌다.

자신에게는 마왕성의 던전 관리소를 통해 간단히 들어올 수 있는 장소였다. 하지만 엘리아는 3년 동안 죽을 고생을 하고서야 겨우 이곳에 도달할 수 있었던 것이다.

거기까지 생각하자 불현듯 채빈은 의문이 생겼다. 왜 이토록 위험을 감수하면서까지 59권의 마도서를 구하려고 하는 것일까. 채빈의 표정을 읽고 엘리아가 먼저 말했다.

"반드시 막아야 할 사람이 있습니다."

"…막아야 할 사람이요?"

"59권의 마도서를 손에 넣어선 안 될 사람이 있습니다. 그에게 마도서가 주어져서는 결코 안 됩니다. 저는 그것을 막기 위해 여기까지 온 것입니다."

그 사람은 또 누구일까. 그러나 엘리아는 거기까지는 말하지 않았다. 채빈도 그다지 궁금한 부분이 아니었기에 더 이상 캐묻지는 않았다.

"용사님도 수도원 지도를 갖고 계시죠?"

엘리아가 불쑥 물었다. 채빈이 고개를 끄덕이자 엘리아가 설명을 이었다.

"아시겠지만 칸체레 수도원 내에는 여러 시설이 있어요. 그런데 그중 나선정원, 과수원, 지하묘지, 도서관, 공방은 알 수 없는 봉인 때문에 안으로 들어갈 수가 없습니다."

"그래요?"

"네, 제 생각에는 그 장소들 중 어딘가에 59권의 마도서가 숨겨져 있을 것 같아요."

채빈은 입을 다물고 생각에 잠겼다. 침묵 속에서 새들의 지저귐이 귓가를 자극하고 있었다. 텅 빈 머릿속에 한 줄기 의구심이 스쳐지나갔다. 그 부분을 채빈은 솔직히 물었다.

"어째서 이렇게까지 자세히 말씀해주시는 거죠?"

"네?"

"그렇잖아요. 사실 엘리아 님과 제가 잘 아는 사이도 아니고……. 이렇게 중요한 일을 저에게 막 말씀하셔도 괜찮으신 건지, 아니 그냥 좀 그런 생각이 들어서요."

괜히 말했나 싶어 조금은 후회가 들었다. 하지만 기우였다.

엘리아는 그다지 망설이지도 않고 활짝 웃으며 즉각 대답하는 것이었다.

"저에게는 더 이상 믿을 사람이 없습니다. 그리고 그 사람의 손에 들어갈 바엔 제 목숨을 구해주신 용사님께 마도서의 처분을 맡기는 편이 훨씬 안전하리라 믿어요."

"하하하."

"어머, 너무 솔직했나요?"

엘리아가 손으로 입을 가리고 크게 웃었다. 그저 예쁘기만

한 게 아니라 참으로 강인한 여자구나, 하고 채빈은 문득 생각했다.

"이제는 제가 여쭤봐도 될까요? 용사님께서는 어째서 칸체레 수도원에 들어오시게 되었는지를?"

"아, 그건요······."

채빈은 말끝을 흐리며 머뭇거렸다. 꾸며낸 말로 거짓말을 하고 싶지는 않았다. 그렇다고 사실을 말할 수도 없었다. 엘리아는 대답하지 않는 채빈을 있는 그대로 받아들였다.

"아무것도 여쭤보지 않겠습니다. 궁금한 점이 무척 많지만 때가 되면 알게 될 날이 오겠지요."

"죄송합니다."

"머무시는 장소는 있나요?"

"네, 있습니다."

"그곳은 안전한가요?"

"그럼요. 걱정하지 마세요."

엘리아는 더 묻지 않고 화제를 바꿨다.

심각한 이야기에서 벗어나 자신이 이 오두막을 발견하고 거점으로 삼기까지의 소소한 잡담을 늘어놓았다. 채빈은 즐겁게 1시간 정도 대화를 나눈 다음 다시 만나기로 약속하고 일단 작별을 고했다.

'내가 신경 쓸 건 아니겠지.'

돌아오는 내내 채빈은 엘리아의 사연을 곱씹고 있었다.

슬라빅이 숨겨 놓은 59권의 마도서를 찾으려 하는 그녀의 목적은 솔직히 채빈의 가슴에 와 닿지 않았다. 어떤 면에서도 자신에게는 이득이 될 부분이 없는 일이니까.

'자기 세계의 일은 그 세계의 사람이 알아서 해결해야지.'

채빈은 마법진을 통해 마왕성으로 돌아왔다. 점심때가 되어 슬슬 배가 고팠다. 집을 향해 발을 떼던 그는 문득 한 가지를 떠올리고 던전 관리소를 돌아보았다.

"맞아, 고해실에서 보상받고 여태까지 확인을 안 했지."

현실의 일에 집중하느라고 정신이 없었던 것일까.

던전을 공략하고 나면 기본적으로 던전 관리소와 의뢰소 지도를 확인해야 하는데 지금까지 거들떠보지도 않았던 것이다. 새로운 변화가 생겨났을지도 모르는 일인데.

그는 뒤돌아서 이제 막 빠져나온 던전 관리소로 다시 들어갔다.

그리고 간만에 로쿨룸 대륙 전체의 지도를 말풍선으로 펼쳤다.

"어어어?!"

채빈이 지도를 확인한 순간 석상처럼 그 자리에서 굳어버렸다.
 입술에서부터 시작된 떨림이 점점 커져 이내 전신을 장악하고 있었다.
 "이, 이게 뭐야?"
 엘리아의 일이 자기 자신의 일이 되는 순간이었다.

제8장
속성학습실

이계
마왕성

"어떻게 이렇게 한꺼번에……!"

칸차레 수도원은 아직 공략이 안 된 상태였다.

그럼에도 불구하고 다음 던전이 무려 5개나 추가로 개방이 되어 있는 것이 아닌가.

채빈은 명치까지 차오르는 흥분으로 오금을 벌벌 떨며 떠오른 5개의 지점을 향해 손을 뻗었다.

〈칸체레 수도원-나선정원〉
—지역:폐허

-유형:유한 던전
  -진입조건:320시간 간격으로 재진입가능
  -난이도:☆☆☆☆☆
  -획득가능 보상:도른코인, 3서클 마법서적 전반, 장비 레시피, 흑요석 낫, 슬라빅의 마도서 무작위 7권
  -몬스터 정보:광기의 디스파테르
  -추가정보:없음
  -공략횟수:없음
  -진입하려면 접촉하여 마법진을 활성화하십시오.

〈칸체레 수도원-과수원〉
  -지역:폐허
  -유형:유한 던전
  -진입조건:320시간 간격으로 재진입가능
  -난이도:☆☆☆☆☆
  -획득가능 보상:도른코인, 3서클 마법서적 전반, 장비 레시피, 황금 삼각목마, 슬라빅의 마도서 무작위 7권
  -몬스터 정보:삼각목마의 그란델
  -추가정보:없음
  -공략횟수:없음
  -진입하려면 접촉하여 마법진을 활성화하십시오.

〈칸체레 수도원—지하묘지〉
—지역:폐허
—유형:유한 던전
—진입조건:320시간 간격으로 재진입가능
—난이도:☆☆☆☆☆
—획득가능 보상:도른코인, 3서클 마법서적 전반, 장비 레시피, 슬라빅의 마도서 무작위 10권
—몬스터 정보:절규하는 코론존
—추가정보:없음
—공략횟수:없음
—진입하려면 접촉하여 마법진을 활성화하십시오.

〈칸체레 수도원—도서관〉
—지역:폐허
—유형:유한 던전
—진입조건:450시간 간격으로 재진입가능
—난이도:☆☆☆☆☆☆
—획득가능 보상:도른코인, 3서클 마법서적 전반, 장비 레시피, 슬라빅의 마도서 무작위 12권
—몬스터 정보:보이지 않는 사서의 원령

─추가정보:없음
─공략횟수:없음
─진입하려면 접촉하여 마법진을 활성화하십시오.

〈칸체레 수도원─공방〉
─지역:폐허
─유형:유한 던전
─진입조건:450시간 간격으로 재진입가능
─난이도:☆☆☆☆☆☆
─획득가능 보상:도른코인, 3서클 마법서적 전반, 장비 레시피, 슬라빅의 마도서 무작위 12권
─몬스터 정보:망각의 장인 타하디
─추가정보:없음
─공략횟수:없음
─진입하려면 접촉하여 마법진을 활성화하십시오

'엘리아가 말한 것과 딱 들어맞아……!'
알 수 없는 봉인이 걸려 있어 들어갈 수 없는 5군데의 장소. 엘리아가 거론했던 그 모든 장소가 개별적인 던전으로 나타나 있었다. 엘리아는 들어가지 못하는 그 모든 곳을 채빈은 마음만 먹으면 간단히 진입할 수 있는 것이었다.

'던전의 의미를 이제야 좀 알겠는데!'

유형이 혼합 던전이라고 되어 있었던 칸체레 수도원은 이른바 '모체 던전'인 셈이었다. 그 던전의 일정 조건을 수락하자 부속된 하위의 5개 던전이 나타났으니까.

―난이도가 굉장히 높은데요, 주인님.

등 뒤로 나타난 운디네가 욕조에서 얼굴을 쏙 내밀고 말하고 있었다.

―제일 낮은 난이도가 무려 별 5개예요. 칸체레 수도원 자체도 가장 높은 구역이 고작 별 3갠데.

"그러게. 이거 무서워서 어디 들어가겠어?"

―굳이 들어가실 필요는 없죠. 엘리아라는 아가씨의 사정에 대해 주인님께서 과히 신경 쓰실 필요는 전혀 없는 거랍니다.

"아니, 꼭 그런 의미로 얘길 꺼낸 건 아냐."

운디네가 팔을 높이 들었다가 내리치며 욕조 물을 거칠게 첨벙거렸다.

―제 말이 틀렸다는 뜻이세요?

"화내지 마! 그런 뜻 아냐. 그것보다, 앞으로의 노선이 고민되는데 어떻게 하는 게 좋을까?"

―말 돌리시긴! 흐음……. 어쨌든 저는 이 5개의 던전을 공략하는 건 반대예요. 나중에 주인님께서 간단하게 공략하실

수 있을 정도로 강해지시면 몰라도.

"역시 그렇겠지?"

그 어떤 부귀영화를 누리겠다고 굳이 목숨까지 걸어서 던전에 들어간단 말인가. 엘리아의 사연이 조금은 신경 쓰였지만, 역시 그건 어디까지나 타인의 사연이었다. 추후 반드시 공략해야 할 이유가 생긴다면 몰라도 지금으로서는 나설 필요도 명분도 없었다. 채빈이 생각해도 운디네의 말은 하등 잘못된 부분이 없었다.

―그만 돌아가요, 주인님. 저 아프리차 방송도 해야 하고. 주인님도 최근 쓰시던 글 있지 않았어요?

"알았어. 그전에 마왕성 게시판 확인 좀 해보고. 한동안 현실에 집중하다 보니까 마왕성 관리에 너무 소홀했어."

―뭐 없을 것 같은데요? 한 것도 없고.

"왜 한 게 없어? 칸체레 수도원 고해실까지 공략했잖아?"

채빈이 울컥한 얼굴로 운디네를 돌아보며 말했다. 운디네는 여전히 못미덥다는 표정을 하고 목욕수건으로 어깨를 문지르고 있었다.

―그럼 저랑 내기하실래요? 전 아무것도 안 나왔다는 쪽에 걸게요.

"내기? 그래, 좋아. 하려면 해. 근데 뭐 성립이 돼야지."

―할 거야 많죠. 제가 지면 24시간 연속으로 한 달 동안 인

터넷 방송할게요. 주인님은 뭘 거실래요?

"어? 좋아. 그럼 나는… 어디 보자. 그래, 내가 지면 한 달 동안 매일 가지고 있는 마나 모조리 너한테 퍼줄게."

―와아아! 좋아요! 그럼 결정!

운디네가 욕조를 붕 띄우고는 마왕성을 향해 허공을 가로지르며 나아갔다. 그제야 채빈은 뭔가 협잡을 당했다는 얼굴을 하고 잠시 서 있다가 운디네를 급히 뒤쫓으며 소리쳤다.

"운디네, 잠깐만! 인간적으로 한 달은 너무 긴데?"

―벌써 약속했는데 무슨 말씀!

"아니, 소스도 만들고 해야 하는데 어떻게 한 달을 내리 퍼줘? 생각해 보니까 말인데 말이 안 돼. 나는 2주일로 깎자!"

―주인님 보기보다 엄청 옹졸하시군요.

"뭐? 옹졸하다니 누가!"

채빈과 운디네는 티격태격하며 마왕성 안으로 들어섰다.

간만에 보는 악마 동상의 돌기를 돌리는 순간까지도 둘은 한사코 설전을 벌이고 있었다.

잠시 후, 마왕성의 게시판의 2번 개발가능 목록 떠오르고 나서야 둘은 동시에 입을 다물고 두 눈을 크게 떴다.

2. 개발가능 목록

A. 속성학습실 (비활성화→Lu. 1)

—설명:마왕성 시설 내부에 부속으로 속성학습실을 개발한다. 속성학습실에서 학습할 경우 능률이 대폭 상승한다.
—소요시간:5분
—요구조건:1,270코인

"와, 속성학습실? 이건 또 뭐래?"
—이럴 수가, 진짜 나왔잖아!
채빈은 놀라워하고 운디네는 화를 벌컥 냈다. 지금까지 개발한 시설의 연장선상이 아닌 전혀 새로운 개발항목이 생겨난 것이었다.
"직관적인 시설이라 상상은 쉽게 가네. 재미있을 거 같은데 일단 만들어 볼까. 근데 왜 이렇게 비싸?"
1,270코인의 요구조건을 보고 채빈은 혀를 내둘렀다. 지금까지 개발한 모든 시설들을 통틀어 가장 비싼 듯했다. 하물며 중심시설인 마왕성을 Lv.4로 개발할 때도 870코인이었는데 이 개념을 상실한 가격은 도대체 뭐란 말인가.
—뭘 가만히 계세요? 개발 안 하실 건가요?
"아니, 해야지. 근데 너무 비싸서."
—코인이 저렇게 많은데 뭐가 아까워요? 최근 쓸 곳도 없어서 왕창 쌓이기만 했는걸.
운디네가 팔을 뻗어 책상 구석을 가리켰다. 그녀의 말마따나 갖가지 빛깔의 코인이 가득 쌓여 산을 이루고 있는 참이었다. 그리로 손을 뻗으며 채빈이 푸념 아닌 푸념을 늘어놓았다.

"이거 코인을 집어넣는 것도 은근히 일이야."

―엄살 부리시긴. 도와드릴게요.

채빈은 운디네와 함께 1,270코인을 투입구에 밀어 넣고 개발항목으로 손을 뻗었다. 말풍선이 개발진행중으로 갱신되는 것을 확인한 뒤 채빈은 자리를 털고 일어섰다.

개발이 완료되는 것을 기다리기 위해 집으로 돌아왔을 때였다.

우우우웅!

바람이나 쐴 겸 건물 앞에 쪼그려 앉아 있는데 주머니의 핸드폰이 진동했다. 재경 누나는 요즘 우울한 상태니 아닐 것이고 세만이 형일까. 그런 생각을 하며 핸드폰을 꺼내든 채빈은 번호를 보고 몸을 굳혔다. 은효의 전화였다.

'무슨 일이지.'

오랜만의 전화여서 반가운 마음도 일었지만 한편으로는 마음에 걸렸다. 채빈은 받을까 말까 잠시 고민하다가 그냥 받지 않기로 마음먹고 핸드폰을 옆에 내려놓았다. 마음만 복잡해질 것 같아서였다.

한참 후에 진동이 멈췄다. 은효는 다시 전화를 걸어오진 않았지만 그 대신 한 통의 문자를 보냈다.

　오랜만에 오빠 목소리 듣고 싶어서 전화했는데 안 받네. 잘 지내지? 다름이 아니라 오빠 대학 진학은 아직도 생각하지 않는 건가 해서. 수능 접수기간 다음 주 목요일이 마감이야. 이거 말해주고 싶었어. 아무 때나 괜찮으니까 전화해줘. 힘내, 오빠.

　'후우……. 벌써 시간이 그렇게 됐나.'
　은효의 문자 메시지를 보니 실감이 났다. 단신으로 올라와 서울생활을 시작한 지도 벌써 꽤나 오랜 시간이 지났다. 어쩐지 감회가 새로워 채빈은 슬그머니 웃었다.
　"오케이, 쿨타임 찼다."
　채빈이 5분이 지났음을 확인하고 일어섰다.
　속성학습실을 확인하기 위해 마왕성으로 내려가려는 찰나였다. 손에 쥔 핸드폰이 또 진동을 일으키고 있었다. 액정을 보니 이번엔 모르는 전화번호였다.
　"아, 뭐야. 광고전환가?"
　모르는 번호로 오는 전화가 무엇보다 싫은 채빈이었다. 안 받자니 궁금하고 받자니 보이스피싱이다 뭐다 해서 마음에 걸리고. 채빈은 잠시 고민 끝에 짜증이 역력한 얼굴로 전화를 받았다.

"여보세요?"

—채빈이냐?

채빈의 얼굴에서 표정이 사라졌다.

이 능구렁이처럼 기분 나쁘고 미끌미끌한 목소리.

과거의 악몽을 떠올리게 만드는 추악한 목소리.

적어도 지구상에서는 딱 1명뿐이었다.

"어떻게 알았어?"

채빈이 굳은 음성으로 되물었다. 상대는 다름 아닌 김정우였다. 중학교 시절 내내 악착같이 자신을 괴롭혔던 악마보다도 악랄하고 비열하기 짝이 없는 바로 그 인간이었다.

—은효한테 물어보니까 알려주더라.

"구라치지 마. 은효가 너한테 내 번호를 알려줬을 리가 없어.

채빈이 단정하듯 말했다. 핸드폰 저편에서 낄낄거리는 웃음소리가 들려오고 있었다.

"처웃지 마, 뭐가 웃긴데?"

—대체 그 자신감은 대체 어디서 나오는 거냐? 보면 볼수록 넌 참 대단한 놈이야. 그렇게 없이 살면서도 항상 당당해.

"눈에 안 보이고 전화라고 깝치지 마라. 너 진짜 뒈진다."

채빈이 진심을 담아 이를 빠드득 갈며 말했다. 진짜 한마디

만 더 신경을 거슬리게 하면 당장 날아가 반쯤 패죽일 수도 있었다. 여차하면 프라이어에게 대신 두드려 패달라고 시키는 방법도 있고.

―너무 그러지 마라. 간만에 통화하니까 분위기 좀 가볍게 띄워보려고 한 거다. 기분 나빴다면 미안하고.

채빈의 분노를 느끼기라도 했는지 정우가 빈정거리기를 그만두었다. 어색하고 불편한 침묵 속에서 채빈이 내뱉듯이 물었다.

"용건이 뭐야?"

―나 요즘 은효 과외해 주고 있다. 대입이 코앞이라서.

채빈이 입은 꾹 다문 채 두 눈만을 찢어져라 부릅떴다.

정우에게 과외를 받고 있다니.

은효는 안 그래도 성적이 무척 좋은 편이었다. 정우가 한국 최고의 명문인 고구려대에 다니고 있다고 해도 굳이 과외를 받을 필요가 있는 것일까.

보나마나 숙자의 개입이 있었을 거라고 채빈은 내심 확신했다. 은효의 의견 따위는 가볍게 무시했을 게 분명했다. 그 망할 여자는 이 뱀 같은 자식을 끔찍하게도 좋아하니까. 정우를 자기 딸의 신랑감으로 일찌감치 점찍어 놓았을지도 모르는 일이었다.

태평한 목소리로 정우가 말을 계속하고 있었다.

―아무래도 내가 명문대에 다니고 있다 보니까 은효 어머니가 나에 대해 특별한 신뢰를 가지신 것 같아. 뭐, 은효도 고구려대 입학을 목표로 하고 있고. 합격하면 내년부터 서울에서 생활하겠지. 우리 아버지가 구해준 오피스텔에서 말이야. 48평짜리니까 여자애 혼자 쓰긴 넉넉한 편이지.

정우의 이야기를 듣고 있다 보니 채빈은 갑자기 터지는 웃음을 참을 수가 없었다. 정우가 전화한 이유가 너무도 유치하기 짝이 없어서였다. 이렇게까지 자신이 은효와의 관계에 있어 보다 우위임을 알리고 싶었을까.

―왜 웃지?

이번엔 정우가 이유를 물었다. 그 짧은 물음 속에 배어 있는 분노를 채빈이 모를 리 없었다. 밴댕이처럼 속이 좁은 열등감 덩어리의 인간이니까.

"아니, 그냥 좀 웃긴 일이 생각나서. 할 말은 그게 다야? 나 지금 바쁜데 그만 끊어도 되냐?"

―화 안 나냐?

채빈이 태연자약하자 정우는 기어이 유치의 극을 달리는 질문을 노골적으로 던져왔다. 갑자기 정우가 불쌍하다는 생각까지 들 정도였다. 채빈은 손목의 시계를 들고 말했다.

"멍청한 소리 좀 그만하고 전화 끊어라. 나 밥 먹어야 돼. 은효가 선물해 준 내 손목시계가 밥 먹을 시간이라고 말하고 있거든."

—손목시계라니? 은효한테 선물을 받았다고?

"됐고 끊는다."

—야, 야! 이채빈!

딸각!

채빈이 전화를 끊었다. 푸르른 하늘에 대고 은효의 건승을 기원한 뒤 채빈은 서둘러 마왕성으로 걸음을 향했다.

"여보세요! 여보세요? 이 새끼가 제멋대로 끊고 있어!"

콰앙!

정우가 씩씩거리며 자기 핸드폰을 내던졌다.

벽에 부딪친 핸드폰이 그 자리에서 산산조각이 났다.

불과 사흘 전에 구입한 최신형 스마트폰이 순식간에 운명한 것이었다.

"이게 무슨 소리야?"

잠시 화장실에 다녀온 은효가 놀란 눈으로 물었다. 정우는 씩씩거리다 말고 허둥거리며 부서진 핸드폰의 잔해를 그러모았다.

"실수로 떨어뜨려서."

떨어뜨려서 핸드폰이 저렇게 망가질 턱이 없었다. 은효는 더 묻지 않고 담담한 얼굴로 정우의 맞은편 탁자에 앉았다.

그때, 노트 위에 놓인 자기 핸드폰이 뒤집어져 있는 것을 보고 은효가 시선을 치켜떴다.

"정우 오빠."

"어?"

"혹시 내 핸드폰 건드렸어?"

정우를 바라보는 은효의 두 눈은 확신으로 가득했다. 정우는 대답도 못하고 머뭇거리는 태도를 보이며 은효의 추측이 맞음을 시인했다.

"왜 만졌는데?"

은효가 재차 물었다. 정우는 대답 대신 고개를 옆으로 돌렸다. 은효는 정우를 경멸스럽다는 듯이 바라본 끝에 자기 핸드폰의 전원을 켰다. 채빈에게 보냈던 문자 메시지 화면이 액정에 그대로 떠오른 채였다. 은효의 표정이 일그러졌다.

"왜 남의 문자 엿보고 그러는데?"

"여, 엿본 거 아니다."

"그럼 뭔데? 혹시 채빈 오빠 번호 보려고? 전화했어?"

은효의 시선이 부서진 핸드폰과 정우의 얼굴을 번갈아 바라보고 있었다. 잠자코 말이 없던 정우가 불현듯 분한 기색으로 은효에게 눈길을 주며 물었다.

"너 채빈이한테 손목시계 선물한 적 있어?"

"오빠 정말 뭐야? 진짜로 전화했어? 와, 어이없어 진짜."

어찌나 화가 나는지 은효는 손발이 다 부들부들 떨리고 있었다. 정우가 자세를 고쳐 앉으며 말을 이었다.

"왜 그 자식한테 자꾸 그런 문자 보내고 관심 주냐? 걔는 글렀어. 네가 수능이라고 알려줘 봤자 공부할 놈이 아니야. 머리가 텅 빈 자식이라고."

은효는 진심으로 궁금했다. 어쩜 사람이 이런 정신머리를 가지고 살아갈 수 있는 걸까. 마치 자기가 신이라는 듯이. 세상 모든 사람의 속을 들여다볼 줄 안다는 듯이. 그런 자신이 얼마나 우습고 초라해 보이는지를 왜 깨닫지 못하는지 그저 궁금하기만 할 뿐이었다.

"정우 오빠."

"어. 말해 봐."

은효가 표정을 풀고 정우를 지그시 바라보며 말했다.

"나 엄마 성화 때문에 어쩔 수 없이 오빠한테 과외받고 있는 거야. 마음 같아선 당장에라도 뛰쳐나가고 싶은데 그러면 소심한 우리 아빠가 속상해하실 거라서 꾹 참고 있는 거란 말이야."

"공은효, 너 말이 너무 심한 거 아냐?"

정우가 불쾌한 얼굴로 따지고 들었다.

은효가 천장을 힐끗 올려다보며 코웃음을 터뜨렸다.

"말이 심하다고? 조금 전에 채빈 오빠에 대해 자기가 말했던 부분은 전혀 생각이 안 나나 보지?"

"야, 내가 말한 건 이성적이었어. 그리고 너는 감정적으로 치우쳐 있고."

"이것 봐. 지금 오빠가 한 말을 한 번 되새겨 봐. 그게 오빠란 인간의 한계야."

"내가 뭘?"

은효가 질렸다는 표정으로 일어서서는 가방에 참고서와 노트를 챙겨 넣었다. 정우는 고개를 반쯤 숙인 채 탁자 위를 노려보며 입술을 깨물었다.

"앞으로 불필요한 대화는 안 했으면 좋겠어. 채빈 오빠에 대해서는 언급하지도 말아주고. 나 먼저 일어날게."

정우가 벌겋게 달아오른 얼굴로 튕기듯이 일어섰다.

"야, 공은효! 거기 앉아!"

"나한테 명령하지 마!"

은효가 성난 얼굴로 맞서서 소리쳤다.

정우는 그만 기가 죽어 몸을 살며시 움츠렸다. 은효는 자기가 입고 있는 교복 블라우스를 붙잡고 찢을 듯이 거칠게 앞뒤로 흔들며 외쳤다.

"이 교복을 벗기 전까지만이야! 이 교복만 벗어던지면 날 구속하고 고통스럽게 만드는 모든 것들과 작별이란 말이야! 그때까지 죽을 기세로 참고 있는 거야!"

충혈된 은효의 두 눈 끝으로 눈물이 반짝이고 있었다. 정우는 처음 보는 은효의 강렬한 기세에 압도되어 꿀 먹은 벙어리처럼 입을 꾹 다물고만 있었다.

"고구려대에 들어가도 오빠는 절대 안 봐. 48평짜리 오피스텔을 공짜로 내준다고? 우리 엄마나 좋아하겠지. 텐트를 치고 지내더라도 채빈 오빠 곁에 있는 게 백 배 천 배 더 좋아. 앞으로 선 넘지 말아줘."

말을 마친 은효가 휑하니 방을 나섰다.

드넓은 거실 너머에서 현관문이 열리는 소리가 들려왔다. 문이 닫히는 소리가 들리기 무섭게 정우는 제 머리를 부여잡고 고함을 내질렀다. 급기야 골프채를 꺼내 들고 자기 방의 보이는 모든 것을 때려 부수기 시작했다.

"와, 진짜로 마왕성 안에 설치됐네?"

마왕성 안의 책상 측면 벽에 작은 문이 생겨나 있었다. 문 위에는 마왕성의 모든 시설이 그렇듯 어김없이 문패가 달려 있었다.

속성학습실(Lu.1)

채빈은 기대감을 가득 품고 문고리를 돌렸다.

열린 방문 너머로 2평 정도의 작은 정사각형 공간이 나타났다. 작은 공간에 어울리는 작은 책상과 방석이 놓여 있었다. 특별한 부분이라고는 전혀 보이지 않았다. 채빈은 반신반의한 기분으로 방석에 엉덩이를 깔고 앉았다.

"어, 이게 뭐지?"

앉고 나니 정면에 붙은 벽보가 눈에 들어왔다. 그것은 처음으로 속성학습실을 이용하는 자를 위한 안내서였다.

―속성학습실(Lv.1) 안내―

1. 집중력이 기존에서 5배 상승한다.
2. 이해력이 기존에서 2배 상승한다.
3. 암기력이 기존에서 2배 상승한다.
4. 1회의 학습으로 10회의 학습효과를 얻는다.

"야, 이건 아무리 그래도 뻥이다!"

지금까지 마왕성에게 한 번도 속은 적이 없었음에도 불구하고 채빈은 어이가 없어 그렇게 소리치고 말았다.

집중력이 5배로 늘어나는 건 그럭저럭 납득할 수 있었다. 이해력과 암기력이 2배로 상승하는 것도 의구심이 들긴 했지만 통과였다.

그런데 1회 학습으로 10회의 학습효과를 얻는다는 항목에서는 고개를 가로젓게 되는 것이었다.

직관적으로 말해 영어책을 1번만 읽어도 10회를 읽은 효과를 얻게 된다는 이야긴데 어떻게 그럴 수가 있을까.

게다가 이 4가지 항목은 결국 모두가 공부에 막대한 영향을 끼치는 요소들이었다. 이 4가지 항목은 별개가 아니라 하나였다. 서로 엉켜 만들어낼 시너지 효과까지 생각하면 이건 그야말로 압도적인 능력을 자랑하는 시설이라고 할 수 있었다.

"아냐, 아무리 생각해도 못 믿겠어."

시험을 해보기 전에는 도저히 신뢰할 수가 없을 듯했다.

채빈은 부랴부랴 자기 방으로 돌아와 책상 밑에 쌓아 두었던 책들을 뒤적였다. 그리고 고등학교 때 사서 한 번 슬쩍 보고 말았던 토익 참고서를 찾아냈다.

어떻게 보면 이것이야말로 채빈에게는 마법의 책이었다. 펼치기만 하면 무조건 졸음이 쏟아지는 공포의 마법서.

"뭐? 한 번만 봐도 열 번을 본 효과라고? 말이 되는 소리를 해야지."

채빈은 토익 참고서와 노트, 하나의 펜을 챙겨들고 마왕성으로 귀환했다. 그리고 속성학습실로 들어가 앉아서 뚱한 얼굴로 토익 참고서를 폈다. 거의 공부를 하지 않은 참고서답게 꽤나 오래 전에 산 책임에도 불구하고 새 책의 향기가 물씬

풍겨 나오고 있었다.

1챕터의 첫 페이지를 펼쳤을 때였다.

'어, 느낌이 좀 이상한데.'

스스로 생각해도 성립이 안 되는 감정이 뉴런의 중추부를 관통하고 있었다. 어떻게 토익 따위가 이렇게 재미있을 수가 있는 것일까. 모든 단어와 문장이 두 눈에 쏙쏙 들어오고 있었다.

쓱싹쓱싹!

어느 순간부터 채빈은 자신을 의식하지 못하고 있었다. 정신없이 메모를 해가며 입으로 단어를 웅얼거리기도 하면서 공부에 집중하고 있었다.

이렇게까지 공부에 집중한 적이 있었을까. 공부에 너무 집중하고 있어서 그 점에 대해서도 채빈은 생각할 틈이 없었다.

"어?! 아니 벌써 마지막 챕터라고?"

채빈이 뜨악한 얼굴로 손목을 들어 시간을 확인했다. 그리고 입을 찢어져라 벌리고 말았다.

신선놀음에 도끼 자루 썩는다는 게 이런 현상을 두고 하는 말이었던가. 고작 1시간을 공부한 듯한 느낌이었는데 어느새 5시간을 훌쩍 넘어가고 있었던 것이다.

"아, 뭐지? 머리가 영어로 꽉 차 있어."

채빈이 이마를 감싼 채 들을 대상도 없는데 호소를 했다. 설명대로라면 자신은 벌써 이 책을 10번이나 공부했다는 의미가 되는 것이다. 그것도 엄청난 집중력과 이해력과 암기력으로 무장한 채.

'모의 토익을 한번 봐 볼까?'

뭔가 확실히 공부한 느낌은 드는데 명확하게 확신이 들지는 않는 상황이었다. 그 점을 뚜렷하게 알아보기 위해 채빈은 다시 몸을 일으켰다.

집으로 돌아온 채빈은 바로 컴퓨터를 켰다. 그리고 바로 결과가 나오는 유료 토익 모의시험을 치르기 시작했다.

가장 마지막으로 봤던 토익 점수가 300점대였다. 최소한 400점 이상은 나오기를 바라면서 채빈은 집중하여 시험을 치렀다.

째깍째깍.

시간의 흐름을 인지할 수 없었다. 채빈은 비 오듯 땀을 흘리며 시험에 열중하고 있었다.

보다 못한 운디네가 대신 선풍기를 끌어와 곁에 두고 틀어주었다.

고맙다는 말 한마디 건넬 여유도 없이 채빈은 시험에 점점 더 빠져들었다.

"휴, 끝났다!"

이윽고 시험이 끝났다.

어쩐지 전체적으로 매끄럽게 시험을 치렀다는 느낌이 들었다. 단순한 착각일지도 모른다는 불안감을 느끼며 채빈은 성적을 확인했다. 그리고 마시고 있던 생수병을 떨어뜨리고 말았다.

"이, 이게 내 점수라고?!"

RC 420점에 LC 315점으로 총합 735점의 점수가 화면에 떠올라 있었다. 100점이라도 오르면 만족할 생각이었는데 무려 400점 이상의 점수가 확 올라버린 것이었다. 고작 5시간을 공부했는데 400점이나 상승하다니!

"주인님, 왜 그러세요?"

인간 형태로 TV를 보고 있던 운디네가 의아한 눈빛으로 물었다. 채빈은 고개를 숙인 채 감동으로 이제 막 눈물을 터뜨린 참이었다.

"나… 공부 열심히 해보려고."

"갑자기 무슨 말씀이세요?"

"세상은 돈이 다가 아닌 것 같아."

마왕성이 공부하라고 이렇게까지 멍석을 깔아주는데 어떻게 공부를 하지 않고 배길 수가 있을까.

하루 1시간만 투자해도 10시간을 공부한 효과를 가져다주는 엄청난 시설!

"으하하하하하! 아~ 하하하하하!"

채빈은 기어이 바닥을 혼자 데굴데굴 구르며 환호하기 시작했다. 운디네가 소름이 돋는다는 표정으로 뒷걸음질을 쳤다.

TV에서는 국회의사당이 파괴되었다는 속보가 흘러나오고 있었지만 채빈도 운디네도 전혀 관심을 두지 않았다.

*　　*　　*

그와 같은 시각.

채빈이 사는 세계와는 아주 멀리 떨어진 어느 한 곳.

〈한국―국회의사당〉
―지역:요새
―유형:유한 던전
―진입조건:240시간 간격으로 재진입가능
―난이도:☆(1구역), ☆☆(2구역), ☆☆☆(3구역)
―획득가능 보상:테스타코인, 도른코인, 3서클 마나의 정수, 2서클 마법서적 전반, 장비 레시피
―몬스터 정보:인간
―추가정보:없음
―공략횟수:1회

―진입하려면 접촉하여 마법진을 활성화하십시오.

"…흠."

 그는 이제 막 공략을 끝낸 던전의 조건을 확인하며 가벼운 침음을 흘렸다. 말총머리로 틀어 묶은 흑색 머리칼을 뒤로 쭉 당기며, 그는 추가로 개방된 던전 지점을 향해 손을 뻗고 있었다.

『이계마왕성』 4권에 계속…

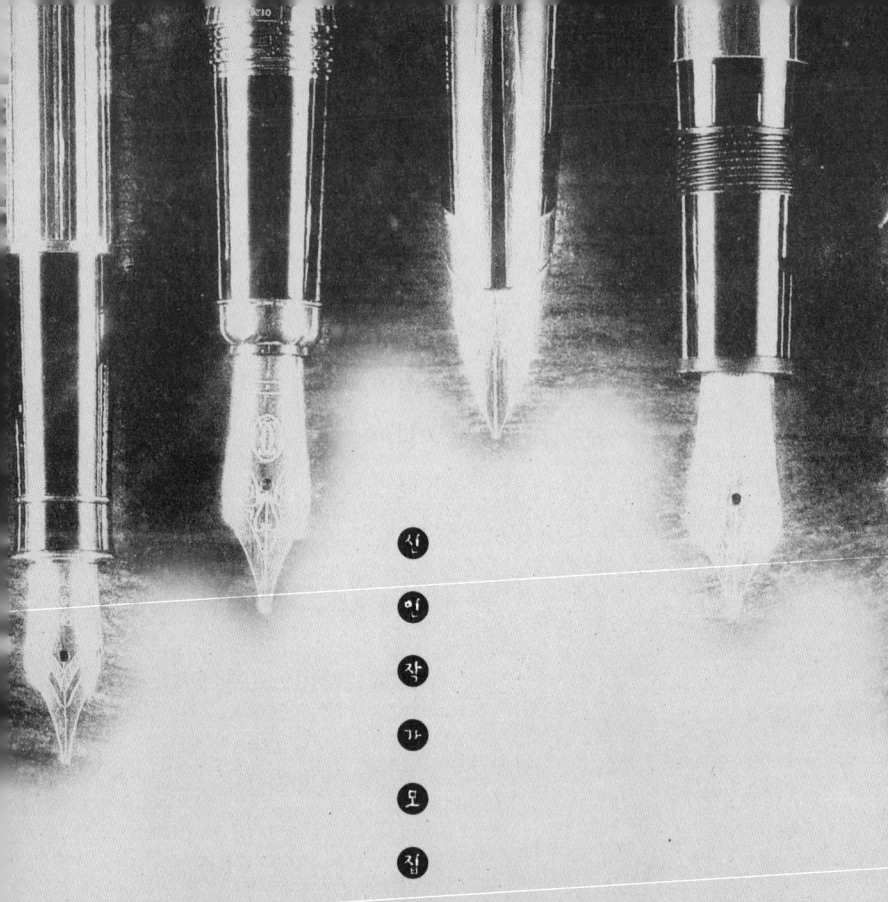

신 인 작 가 모 집

**시작이 반이라고 했습니다.
작가의 길에 대한 보이지 않는 벽을 과감히 깨뜨리십시오!
청어람은 작가 지망생 여러분들의
멋진 방향타가 되어드리겠습니다.**

저희 도서출판 청어람에서는
소설 신인 작가분들을 모집합니다.
판타지와 무협을 사랑하시는 분들의 많은 참여를 바랍니다.
소정의 원고(A4용지 150매)를 메일이나 우편으로 보내주시면
검토 후 출판 여부를 알려드리겠습니다.

주소:경기도 부천시 원미구 심곡2동 163-2 서경B/D 2F 우편번호 420-822
TEL:032-656-4452 · **FAX**:032-656-4453
http://**www.chungeoram.com**
e-mail:chungeoram@chungeoram.com

NOMEN
노멘

이영균 장편 소설

**억울한 누명으로 인한 감옥살이 1년.
직장, 친구, 애인도… 모두 떠나 버렸다.**

911테러 이후, 극비리에 진행된 프로젝트.
그리고 그 결과물, 슈퍼컴퓨터 HAL8999

대한민국의 평범한 청년 동범과
인류가 만든 최고의 컴퓨터에서 깨어난 존재의 만남.

Nomen est omen 이름이 곧 운명!

**인류의 미래를 가르는 사건은
이 우연한 만남으로부터 시작되었다.**

Book Publishing CHUNGEORAM

유행이 아닌 자유추구 -
WWW.chungeoram.com

TURNING POINT
터닝 포인트

홀로선별 장편 소설

**영빈!
동정의 몸이 되어
20년 전으로 회귀하다!!**

나이 서른아홉 모든 것을 잃고 한강 다리 위에 올랐다.
검푸르게 넘실거리는 깊은 물을 대면한 순간.

운.명.은 이루어졌다!

정령의 힘으로 결의한 지금
새로운 인생의 전환점을 넘어 미래가 펼쳐진다!

『터닝 포인트』

홀로선별 작가의 새로운 도전이 펼쳐진다!

Book Publishing CHUNGEORAM

WWW.chungeoram.com

Lord of MAGIC TOWER
마탑의 영주

유왕 퓨전 판타지 소설

최대 장르 사이트 문피아 선호작 베스트!
작가 유왕이 그려내고,
청어람이 펼쳐내는 신마법의 세계!

『마탑의 영주』

마법이 사라지고,
드래곤은 환상 속의 신화가 되어버린 세계.
누구도 그 흔적을 알지 못하는 세계.

"마법이 사라졌다고? 누가 그래? 내가 있는데!"

위대한 마법사이자 마지막 마법사인
스승의 진전을 이은 카르!
황폐해진 영지를 되찾고, 마법사들의 꿈인 마탑을 세워라!
세상에 오직 하나뿐인 새로운 마법의 시대를 여는
독보가 펼쳐진다!

Book Publishing CHUNGEORAM

유행이 아닌 자유추구 -
WWW.chungeoram.com

홀로선별 장편 소설

영빈!
동정의 몸이 되어
20년 전으로 회귀하다!!

나이 서른아홉 모든 것을 잃고 한강 다리 위에 올랐다.
검푸르게 넘실거리는 깊은 물을 대면한 순간.

운.명.은 이루어졌다!

정령의 힘으로 결의한 지금
새로운 인생의 전환점을 넘어 미래가 펼쳐진다!

『터닝 포인트』

홀로선별 작가의 새로운 도전이 펼쳐진다!

Book Publishing CHUNGEORAM

제국의 군인

요람 판타지 장편 소설

마도제국 알스테르담
그곳에 펼쳐지는 웅장한
스펙터클의 전율!

『제국의 군인』

"이런 미친……!"
분명 어제 전역을 했었다.
그리고 진탕 술을 마셨었는데……
눈을 떠보니 김철영이 아닌 휘안이다.

**살아남기 위해 미친개가 되었고,
돌아가기 위해 수문장이 되었다.**

징집병으로 시작해,
군인으로 정점을 찍은
한 사나이의 이야기가 시작된다!

유행이 아닌 자유추구 -
WWW.chungeoram.com

LEGEND OF SWORD EMPEROR
검황전설

미르나래 판타지 장편 소설

2012년, 판타지가 또 한 번 깨어난다.
지금껏 보지 못한 격정과 치열함의 드라마!

『검황전설』

검의 극. 검이 태어나기 전의 장소.
그곳에 도달한 자를 '검의 황제'라 부른다.

괴롭힘 당하던 나약함을 벗고
치우천왕의 능력을 받아
오롯하게 검의 길을 향해 달려가는 아리안!

검의 극을 이룬 자, 검황이라 불릴
아리안이 이끄는 그 전설에서
눈을 떼지 말라!

Book Publishing CHUNGEORAM

www.chungeoram.com